蔡詩萍——著

我們聊齋吧

人鬼狐妖，你糾纏我癡迷

自序

寫完《聊齋》，我還會寫下一本，像跑馬拉松，除非哪一天真跑不動了！

每個人心頭裡，不免都藏有「聊齋基因」吧！不然，我們怎麼從小就會對鬼怪故事好奇，相信森林深處暗藏精靈、仙女，而當燭光搖曳，燈影迷離的暗夜，我們總愛聽聽嚇人的狐仙、鬼魅，乃至於遙望無垠延伸的星空，幻想著看似無稽的仙道傳奇呢？

即便科技昌明，夜晚也近似白晝的不夜城市裡，不依舊傳聞著許許多多難以查證，但晦暗不明、蠱惑人心的都市妖魅嗎？

人人，都愛「聊齋」啊，不是嗎？

我是何時開始對《聊齋》感興趣的呢？

我試著把記憶的鏡頭，一直往從前推。

但實在不知該在哪裡立下第一塊碑石。

寫這本書時，我查了不少資料，來佐證我自己的《聊齋》線索。

我的確看過最早一部邵氏電影公司拍攝的《聊齋》，小時候，在鄉下的電影院。

小孩多尿，看過恐怖畫面後，更要上廁所，大人嫌煩不陪，要我自己去。

我怯怯走過昏黃燈泡下的廊道，在陰暗潮濕的廁所，邊尿尿，邊回頭，怕背後浮出厲鬼什麼的，嚇得半死，但尿完仍舊跑回座位上，繼續瞪著電影銀幕，等著被嚇。

那年電影裡的聶小倩，是大明星樂蒂主演，而書生甯采臣呢，則是小生趙雷擔綱。長大後覺得樂蒂不如王祖賢迷人，趙雷則比張國榮陽剛太多，少了弱書生氣。

寫「聊齋系列」，並不在我原先規劃裡，但卻隨著寫作的步調，很自然的承接下來。

我先寫了《紅樓心機》，知道曹雪芹讀過《金瓶梅》，於是動手寫《金瓶本色》。

有趣的連結開始出現。

《紅樓夢》很白話，《金瓶梅》文白交雜，俚語很多。

我年輕時讀過胡適的《白話文學史》，對照紅樓、金瓶之後，很好奇，爲何蒲松齡的《聊齋誌異》那麼不一樣的完全文言版?!

這一好奇，便有了這本《我們聊齋吧》的寫作。

我國中時，被國文老師帶著讀《古文觀止》，算津津有味吧，後來，隨意讀唐宋八大家的文章，讀《史記》，讀《貞觀政要》，前些年也把《資治通鑑》大略翻了遍，自信一般文言文難不倒我。

但，或許受到胡適的影響，我並沒有很推崇古文，文言文。

可是，邊讀《聊齋誌異》，邊做札記，卻彷彿重新邂逅老友一般，品嘗文言散文之簡潔，之俐落的優雅美感，尤其在日常裡，看多了白話文的平庸與俗濫之後，翻翻《聊齋》故事，的確有從大廈林立，車水馬龍之喧囂，突然跨進一座深深宅院，在一進二進三進的迴廊裡，散步傳奇的樂趣。

蒲松齡為何要寫《聊齋》？

他未必知道自己寫出了傳奇，否則，他不會孜孜矻矻，屢敗屢戰考科舉，好在的是，他並沒有停下寫作那些人狐鬼怪的念頭，我們後人才幸運的，能展讀這本「雖小道，亦有可觀者焉」的文言故事集《聊齋誌異》。

難以想像，如果蒲松齡考上進士，中了狀元，世間還有《聊齋誌異》，還有「蒲松齡傳奇」嗎？

仕途得意的蒲松齡將不過是清朝進士榜上的一員，即便飛黃騰達，甚或官場浮沉，也多半是及身而歿，反之，科場失意的他，卻由於「《聊齋》等於蒲松齡」的「終生成就獎」，讓蒲松齡至今活在華人世界裡，他筆下的人鬼狐妖成了傳奇，他自己也成了傳奇！那些狀元呢？那些進士呢？無邊落木蕭蕭下。

我重讀古典系列時，另有一番體悟：不僅僅是重新認識這些經典的現代意義，甚且還發掘「勵志的」成分在。

曹雪芹落魄蒜頭市場，掬一把辛酸淚，不怕滿紙荒唐言，貧病交迫，寫出了《紅樓夢》。

蘭陵笑笑生躲藏暗處，把他看盡官場陰暗，官商勾結，女性被壓抑的醜態，行諸於文字，留下了精采的《金瓶梅》。

李後主被囚禁汴京，整日以淚洗面，吞酒麻木，依然逃避不了大宋王朝對他的疑慮，最終鴆死，然而他譜寫了感人至深的詞，世俗權力他無能，詞中帝王他第一。

蒲松齡呢，厭倦了人間庸俗，愛聽妖狐傳奇，不得志於科場，縱情於書寫軼聞，交出了《聊齋誌異》。

這幾本傳世名著的作者，如果，如果因循怠惰，如果懷憂喪志，如果只會嘆息懷才不遇，而沒有把天賦寫作的能量放射出來，說眞的，他們就什麼都不是了！

你總要找到自己的天命所在，天賦依歸，找到可以發光發亮的那扇門，打開它！

這是我自己重讀古典名著，在文學與文化的喜悅裡，另外的勵志啓發。

寫完《我們聊齋吧》，我將繼續寫下一本，像跑馬拉松，除非有一天眞跑不動了。

目次

1

聶小倩若是王祖賢，甯采臣是張國榮，這場人鬼戀，你害怕還是義無反顧呢？

講《聊齋》，要吸引現代讀者，不容易。

不是不好看，（事實上，人鬼狐之間有戀有愛有憎有恨，還不時穿插床戲，很精采的啦！）而是，它的文言密度高，因而比《紅樓夢》、《金瓶梅》的白話文體，讀來是辛苦些。

但，各位也不用擔心啊。有我這文青出身，學貫不只「五車」的花甲美魔男在，任何古典，到我手上，轉手都會「很現代的」，放心！

但，畢竟要把這部清代蒲松齡的巨作介紹給現代讀者，我們還是需要一些更貼近現代社會的連結點。

各位觀眾～那就是，一代「靚女鬼」聶小倩。

爲了她，電影拍過不下五六部吧！最知名的，我看是徐克導演版的《倩女幽魂》。在《聊齋誌異》裡，篇名則是〈聶小倩〉。

我這麼一提，大家對《聊齋誌異》，應該「哦」一聲，感覺有fu了吧？說來也眞是「冥冥中自有安排」。（有沒有毛骨些些悚然了?!）

我寫完最後一篇《金瓶本色》，想動手寫《聊齋》時，剛好在泰國一座「與世隔絕」的小島度假。眞的很隔絕於世噢，島上的villa，房裡電視只能看關於飯店的資訊，以及租借的DVD，很酷吧！但你也知道咱們台灣人嘛，鐵定是出發前就辦好「上網吃到飽」的。所以台灣大小事，照樣無遠弗屆，統統都知道。

但畢竟是在雨季造訪小島，夜裡淒風苦雨的，讀《聊齋誌異》，非常的刺激。但，很抱歉，什麼靈異鬼狐都沒發生，除了我家兩位大小美女「美麗的鼾聲」。

但，就在，就在我回台灣的班機上，竟然在「經典電影」目錄中，看到一九八七年版，轟動一時的，張國榮、王祖賢、午馬的《倩女幽魂》。我立馬不做其他念頭，決定專心在三萬幾千英呎的高空上，看這部取材自《聊齋誌異》的電影。

好看嗎？大致不錯看。

用「大致」，乃因，以電影論電影，是一部成功的商業片，沒錯。可有些橋段，實在拼湊。然而，瑕不掩瑜，幾位要角的演出，讓這部淒清鬼片成了經典。

原著〈聶小倩〉故事迷人，實因「人鬼戀」的「不可能」，本身便構成一種「超越現實的」、「綺想的美感」，是「羅曼史」的變異體。

書生、美女、俠客、妖精、鬼魅，幾個角色穿插出人類社會常見的關係模式，例如：帥哥VS.美女，書生VS.俠客，陰柔VS.陽剛，正義VS.邪惡等等，在戲劇裡，原本就是很可以發揮的題材。不但說故事時，可以很精采，就算改成戲劇電影，多半也會成功。

各位回想一下，俊美如韓國「當代花美男」的男一張國榮，演的甯采臣傻裡傻氣的，手無縛雞之力，卻又充滿正義感，坐懷不亂。

當年青春正盛，花容月貌的王祖賢，扮起聶小倩的古典造型，眼波流轉，眉目傳情，極爲驚豔。可以賣騷，可以清純，可以苦情，可以剛毅，難怪隨戲而大紅特紅。至今，媒體網民還是對三十幾年後「現實裡的她」，興趣盎然。

午馬演的燕赤霞，亦正亦邪，亦莊亦諧，有時搞不懂人情世故，有時又認眞當一回事的過了頭，過猶不及，都讓他的綠葉角色十分搶眼。

在〈聶小倩〉裡，這三人構成主戲。

甯采臣到了蘭若寺，遇見也投宿的燕赤霞。雙方初見印象不錯，但顯然無法深交，聊著聊著「既而相對詞竭，遂拱別歸寢」。（糗了，講不下去了，只好道晚安，各自回去睡覺。）

與電影不同的是，小說裡，甯采臣「發現」聶小倩，是他夜裡睡不著，聽見「舍北喁喁，如有家口」，便起身偷偷從窗口下窺，這一下子便看到幾個「鬼家族」了。（當然他還不知道是鬼。）

有四十歲左右的婦人，有更老的老嫗。

蒲松齡還是滿會說故事的。他讓這兩位婦人，道出了即將登場的聶小倩，到底有多迷人？

這兩位婦人正在討論小倩最近的情緒時，小倩突然翩然而至。

老嫗嚇了一跳，只好尷尬說：「小妖婢悄來無迹響。幸不訾著短處。」（意思是，小倩來無影去無蹤，還好沒背後說她壞話。）

下面這段最重要。

老嫗又說：「小娘子端好是畫中人，遮莫（如果）老身是男子，也被攝魂去。」（小倩漂亮吧！連女人都這樣讚美。）

聶小倩的出場，立馬證明了：一，她是聰明伶俐的女子，讓妖怪都捉摸不定。二，她是美到不行的女子。我見猶憐，男女都愛。

但，小倩顯然也是厲害的女子。她的回應是，「佬佬不相譽，更阿誰道好？」（這是撒嬌啊，佬佬您不稱讚我，那誰稱讚我啊！）

跟電影版相同的是，小倩「色誘」了甯采臣。但，失敗！

因爲甯采臣坐懷不亂。

跟電影版不同的是，小倩也「賄賂」了甯采臣。給他黃金一鋌，但，失敗。這書生視如糞土，說它是非義之物。

美人，不要。黃金，不要。

聰明啊！最後讓聶小倩，由衷佩服，「此漢當是鐵石」。

這給了我多大的啓發啊！男子漢要忍一時小利小惑，才有最後的美人投懷啊！（算了，畫錯重點。）

總之，跟《倩女幽魂》電影版相似的是，聶小倩誘惑甯采臣不成，但佬佬還是要她每天交出「定額的」人命「業績」啊。

於是，連著幾夜，蘭若寺發生投宿人的命案，死因都是暴卒，且「足心有小孔，如錐刺者，細細有血出。俱莫知故」。恐怖吧！死者的腳掌心皆有小孔，血汩汩流出。既然是暴卒，臉部想必猙獰。

夜裡，小倩來了。

她娓娓向甯采臣敍述她的身世。

年十八，夭殂，埋在蘭若寺旁。被妖怪威脅，勾引殺害男人。

她怎麼迷惑男人呢？

「狎昵我者，隱以錐刺其足，彼卽茫若迷，因攝血以供妖飲；」這是色誘。能被迷到脫了鞋，讓女鬼以錐刺足心，大概身上也沒什麼衣物了吧？男人哦，色到這樣，該死！

不近女色的呢？

「又惑以金，非金也，乃羅剎鬼骨，留之能截取人心肝。二者，凡以投時好耳。」不近女色的，給你黃金。但黃金只是障眼法，一旦收下，就成鬼骨，可以扒開你胸，挖取你心肝。這招，後世的「詐騙黃金黨」也會用。一堆鈔票，回家變廢紙，或冥紙。

美麗女鬼，都跟你交心了。你怎麼辦？

一如電影，小說裡也是女鬼託付，要書生去「白楊之上，有烏巢者是也」之處，挖出她的朽骨，另覓地安葬。

跟電影版不同。電影是小倩要去投胎。小說版，是甯采臣把小倩骨灰，帶回自己的家鄉安葬。

這差別，很大。

電影版，書生與俠客帶著骨灰罈，逃避千年樹妖追殺，最後還追進地府，幾經血鬥，從黑山老妖手裡搶回聶小倩。書生、女鬼、俠客都死裡逃生，氣力放盡。

電影版，最感人一段，黎明時刻，小倩女鬼之身，不能見陽光，否則魂飛魄散。但破屋內，門窗傾頹，眼見陽光就要照在衰弱的小倩身上。這時，花美男的書生甯采臣，飛身撲向殘破的窗板，全力頂住，掩護陰暗處的聶小倩。小倩幽幽地哭泣，這次一別，就永不相見了。沒想到，近在咫尺，卻連最後一面，最後擁抱，都不可能。

這時，商業電影的高招，出現了。歌手葉倩文清亮的歌聲，帶出了滿場情緒——〈黎明不要來〉。

是啊，多哀怨啊！

最後一別，就在一瞬間，甯采臣背對聶小倩，說「永別了」。

一瞬間。沉默。俠客燕赤霞幽幽地說，她走了。書生悲痛地依在窗板上。

電影版，煽情而浪漫。但，符合實際。人鬼，頂多一戀。戀後，就要分開。這才浪漫，這才合理。

但，原版《聊齋》呢？

可不是哦！

小說版是安葬之後，小倩出現，竟跟甯采臣回家了。

要感恩圖報嘛！

「君信義，十死不足以報。請從歸，拜識姑嫜（父母），媵御無悔（照顧起居飲食無怨無悔）。」

驚訝中的甯采臣，仔細端詳眼前的美女：

「肌映流霞（就是美白美肌啦），足翹細筍（就是美腳美足啦），白晝端相，嬌豔尤絕。」

這樣美女，你不想帶回家嗎？

小說版，又有一處不同於電影版。甯采臣是有妻子的。

不過，妻子久病臥床。所以，書生的母親雖然知道小倩非人，卻不懼怕，只要求不要驚嚇到媳婦。於是，小倩便住在甯家，照顧家務，井然有序。深得甯媽媽的喜愛。

這段家有「美麗女鬼」的日子，日久生情，甯媽媽常常留宿小倩，直到媳婦病歿。

這時，小說版要處理兩個問題了。

人鬼可以在一起「當夫妻」嗎？

可以。不但可以，還可以生小孩。

小倩嫁給甯采臣，生了一子。書生還中了進士。娶鬼，不錯耶！

再來，小說還是要處理妖怪的追殺。

婚後，有一夜，小倩要書生拿出燕赤霞贈送的革囊，懸在窗戶上。是夜，兩人等著，夜半突然有夜叉狀怪物靠近門窗，當它試圖破窗而入，革囊乍然膨脹裂開，把夜叉捲入囊中。然後又縮回原狀，一切風平浪靜。

夫妻倆打開革囊，裡頭只見清水數斗而已。

相較之下，有沒有覺得，電影版似乎「煽情」、「遐想」多了？

畢竟，人鬼相戀，死生一別，缺憾就是美感。

鬼嫁給人，夫妻百年好合，欸，總是怪怪的。人鬼婚，就不會鬧離婚嗎？

應該不會。

哪個娶了鬼的男人，敢跟她說：「我們離婚吧！」

那夫人不會立馬變了臉，猙獰道：「你，你不要命嗎?!別忘了，我可是鬼哪！」

2

「俠女」非鬼非狐，她活生生走進舞台，要讓你知道，「女力時代」無論多晚，總是要來的！

大導演胡金銓應該是華人導演中，最愛改編《聊齋誌異》的一位了。

他的電影，脫胎《聊齋》的，好幾部。

我最愛的，是《俠女》。《聊齋》裡，原始版本，亦叫〈俠女〉。

〈俠女〉並非鬼故事。俠女是眞人。要不是其中穿插了一隻「狐狸花美男」，否則，這故事放在《聊齋》裡，實在很奇怪。

〈俠女〉裡，當然一定要有位窮書生。

沒錯，他姓顧。

而且，窮書生必定孝順，都有寡母。

〈聶小倩〉如此，〈俠女〉亦不能免俗。

這位顧公子，家貧，但孝順。「博於材藝」，因爲照顧老母，不願遠遊，「惟日爲人書畫，受贄以自給」，也就是靠鬻文賣畫爲生啦。

他二十五歲仍未成親。男女關係上，看來比甯采臣還慘。

這「俠女」是怎麼出現的呢？

有一日，對面的空屋，一對母女租下房子。顧小生，不時遇見那女子，那女子一出場，氣勢便不同凡響。

「年約十八九，秀曼都雅，世罕其匹，見生不甚避，而意凜如也。」

這段文字眞好，乾淨，俐落，把準備登場的「俠女」氣質，數語點破。

十八姑娘一朵花。不是那種絕豔之美，但美到「世罕其匹」，一定是極具個性美的。而且，當時的社會氣氛，女人見到陌生男子，基本上是態度迴避的，可這位十八姑娘厲害，見到顧小生，竟從容不迫，甚至「態度冷冷的（凜如的意思）」。

難怪，當顧小生的母親，想要去試探對方母親，湊合自己兒子與該女的婚姻可能時，碰了一鼻子灰回來。

做老媽的，觀察入微。

她眼裡這女孩：「豔如桃李，而冷如霜雪，奇人也！」

什麼樣的女子，會在同樣是女人的長輩眼裡，得到「豔如桃李，冷若霜雪」的評語呢？

用文字眞不好描述，但當年要改編這故事的大導演胡金銓可厲害，他千挑萬選，找到誰演這角色呢？

知道答案的人，欸，年紀肯定不會太小。不過，沒關係，我們就說上網查，就知道啦，這是認眞，跟年紀無關。

胡金銓找了並不是絕美，但眼波流轉眉宇間，帶著英挺之氣的徐楓，擔綱女主角。而顧小生則由台大哲學系出身的，不很英俊，卻略帶憂鬱眼神、書卷味濃的石雋演出。

年輕世代的影迷，不易知道徐楓是誰了。可是到網路上找，《俠女》的海報照片不少，徐楓的扮相冷豔，孤絕，英氣十足。

你若看過電影劇照，再對照顧媽媽的評語，「冷如霜雪」，味道便出來了。顧公子自己得來的印象，「意凜如也（冷冷的）」也出來了。

不能不佩服，胡金銓懂〈俠女〉這篇小說。

徐楓也因爲《俠女》成功（台灣電影首度於坎城影展得獎），而在歐洲打開知名度。

電影版《俠女》，走的是小說裡，俠女爲父報仇的這一條線。因而避開了「狐狸花美男」那一段。很合理，因爲還是回到人世的恩仇錄吧。

但，我也懷疑，以當時的社會氛圍（一九七〇年初），電檢制度，能容忍「狐狸花美男」這一段，涉及的「男男戀」或人狐男男戀嗎？

應該不能。

所以我猜，胡金銓導演不想惹麻煩。

我不挑逗各位了，直接來看小說吧。

俠女拒絕了顧家老母的提親，可是卻依舊常來顧家走動，有時借油借米，有時幫忙顧媽媽做些家務。顧家母子風度好，未因婚事被拒絕而態度改變，仍然很照顧對門鄰居的這對母女。

就在這日子照舊過的期間，突然出現一位少年來求畫，他「姿容甚美，意頗儇佻（輕薄輕佻之意）」，而且常常來。這兩位單身男子私下相處，不時相互吃吃豆腐，不以爲忤。竟很快地便發展出一段私情，男男戀。

我一定要再次提醒，從《金瓶梅》到《紅樓夢》，再到《聊齋誌異》，男男戀，或男男愛並不突兀。我們甚至可以推測，在明清年代，男歡女愛固然很尋常，即便男男戀、男男愛，亦屬常見。只是，沒有同婚權利罷了。

小說版〈俠女〉，在這裡有饒富興味的發展。

一日，這美少年跟書生獨處，忽然這冷若冰霜的女子來了。兩人互相對視，很不對盤。

女子是來借米。離開後，少年問公子，這誰？

公子對曰：「鄰女。」

少年的回應，再次印證女子給人的印象：「豔麗如此，神情何可畏！」是啊，長這麼美，卻為何讓人有畏懼感呢？

之後，有一日，女出門，剛好巧遇公子。突然對公子嫣然一笑。公子開心了，放膽挑逗她，她並不拒絕。於是，兩人便順水推舟，「做了那件所有戀人都會做，都想做的事情」！

做完後，女子嚴肅告誡公子：「事可一而不可再！」

懂嗎？就是「下不爲例」。

眞是笑話，哪個男人會信這一套。這檔子事愈做會愈想做，有一就有二啊！

但，這冷若冰霜的美女，還眞是如冰如霜。自那次之後，又恢復了很冷淡的日常。顧公子非常不能適應。

可是這冷冷的女子，有天又來找公子，問他：「日來少年誰也？」

書生告訴她，是來求畫的。

這女子又很嚴肅地說，那少年對她輕佻很沒禮貌，她是看在公子分上不計較。但如果還是再犯，「是不欲生也已！（那他就是不想活了！）」口氣已經是語帶威脅了。

夜裡，那少年來了，顧公子把實情告訴他，要他不要再對女子態度輕佻。

少年卻滿不在乎地頂他：既然不可以犯，那爲何你要犯呢？

顧公子說我沒有犯啊！

少年說，是嗎？那爲何我對她的猥褻之語，會傳到你耳朵呢？

顧公子尷尬了。

少年得寸進尺，威脅說，請你轉告她，不要假惺惺了，不然我就把你們的醜事宣揚出去。

兩人不歡而散。

某一晚，女子來找公子，主動投懷送抱，兩人正準備「做愛做的事」，只見那少年闖進來，

顧公子驚慌問，你要幹嘛？

少年邪笑道：我來看看「所謂貞潔」的人啊！

然後對著女子恥笑道：今天你還要批評別人嗎？

那女子面紅耳赤，惱羞成怒吧？

揚起上衣，露出革囊，「應手而出，則尺許晶瑩匕首也」。

少年見了，落荒而逃。女子揚手，把匕首拋向空中，不久，只聽得一物從空中墜落，是一隻白狐，已經身首異處了。

顧公子嚇出一身冷汗。但那女子淡定的收好匕首革囊，說了：他可是你的孌童啊！我不想殺他，是他自己找死啊！

想想，換成是你，不也嚇得不知所措？親密的男伴是隻狐狸（已經夠駭人了），還被你很愛的女人給幹掉了。（你的女人是殺手！）

這豈不是，豈不是不可思議嗎？

隔天，女子來找書生了，兩情又再繾綣，纏綿更加悱惻。

男問，這法術何來？

女說，爲你好，不知道最好。

男問，我們可以結婚嗎？

女說，我們不是已經像夫妻了嗎？何必還要計較形式。

當夜完事後，女子抛下一句，直到今天聽來，仍是很酷的一句話：「苟且之行，不可以屢。當來，我自來；不當來，相強無益。」

不覺得這話到二十一世紀的今天，還是很厲害嗎？

一個女子就這樣一邊穿衣服，一邊對躺在床上的男人，豪氣地說：當來，我自來；不當來，相強無益！

我想來就來，不想，強求也沒用！

太酷了。我愛她，俠女！

果眞之後，那女子又故態復萌，繼續對顧哥哥冷淡冷漠。

但事情有變化。

大半年之後，女子跑來告訴顧哥哥，她懷孕八個多月了，隨時可能臨盆。

她「能爲君生之，不能爲君育之」，要顧公子找好奶媽，哺育孩子。

月餘之後，顧媽媽進女子屋內，發現女子蓬頭垢面，床上已有誕生三天的小男嬰。顧媽媽開心把嬰兒抱回。

又過了一陣。

女子突然再度降臨。（她是不是像神力女超人？要來就來，說走就走？）

手裡提著革囊，笑說：「大事已了，請從此別。」

這時，故事才揭露，女子原爲官家子女，爲報殺父之仇，先躲避鄉間，奉養老母。老母身歿，又爲了回報顧家母子平日的照顧，成全顧媽媽希望抱孫子的願望，於是又捨身爲顧家生一男孩。

這些事都了了，她才隻身前去復仇。而革囊中裝的，正是仇人頭顱！

小說到此，已近尾聲。

女子告訴顧公子，說他福薄無壽，但兒子必可光耀門楣，要他保重。說完，便身影一閃而逝，再不回頭了。「生嘆惋木立，若喪魂魄。」完全一副男人沒路用的失敗感。

這女子果然是「俠女」，乾乾脆脆，行事果斷，毫不囉唆。似乎人間情緣，都在她的掌握之中。相對的，反倒是男人，不乾不脆，拖泥帶水。

蒲松齡應該很愛這故事，〈俠女〉是《聊齋》裡，篇幅算長，故事很完整的一篇。

俠女性格的鮮明，在在預告了「女力世代」雖然還要等很久，才在中華大地上湧現。不過，武林中早有「俠女」的典範，在江湖中傳頌了。

電影版《俠女》，則鋪陳較多俠女徐楓被追殺，也追殺對方的細節。最有名的一段，無疑是竹林中，徐楓隱藏於樹梢，當對方人馬逼近樹林時，俠女從空而降，利劍凌空而下，宛若神兵。氣氛營造得非常空靈，但殺氣十足。

但，我還是喜歡《聊齋》裡，文字經營出的「俠女形象」。

她讓我深深有感於明清時代，小說家們努力在突顯「女人角色」的苦心。無論《金瓶梅》，無論《紅樓夢》，無論《聊齋誌異》，女人都已跳上檯面，讓你驚豔，讓你不得不愛她們了！

3

妳這隻狐狸精，害得我好慘啊！狐狸精？咦，怎麼，你是男的?!我我……

是啊，妳這隻狐狸精，妳搶走我老公，破壞我們家庭，我，我，我要跟妳拚命啦！

然後，妳看到一位身軀微胖，不復當年貌美的女人，歇斯底里的，撲向另一個有著網美風姿，前凸後翹，三圍玲瓏的，硬是年輕的美女。

你搖搖頭，欸一聲，沒辦法，肥皂劇都這樣演。人妻再怎麼犀利，碰上地表最強小三，常常也是無奈。

但，如果，場景換一下，變成了：

妳，妳，妳這隻……狐狸……精?!妳搶走我的老公……咦，妳，噢不，你怎麼是男的?!妳，你，你到底是「什麼東西」?!

這樣，會不會一下子，從肥皂劇，轉成kuso短劇、鬧劇？或嚴肅的同婚合法。

但，我一點都沒在kuso哦，我們要談的狐狸精，是「男的」。

應該說，書中自有顏如玉，啊，是書中自有狐狸精啦！但，是男的。

《聊齋誌異》裡，多的是狐狸精的故事。男的狐狸精，占比不少。雖然女狐狸精，仍是重點。

有趣的是，把男女狐狸精做個比對，會發現女狐狸精美麗固不在話下，然而狐狸精「花美男」的，亦所在多有。

論顏值，男女狐狸精不相上下。甚至，還有男狐狸精，硬從女人手中搶走男人的故事。

狐狸精，狐狸精，多少年來，狐狸精已經被「定性化」、被「汙名化」了。

定性化，是一提到狐狸精，多半聯想的必是美女，且是騷女。

汙名化，是一提狐狸精，總是想到「地表最強小三」這類同義詞。但難道不可以有「地表最強小王」？難道，狐狸精不能有情有義嗎？

定性化，使得狐狸花美男失去了位置。狐狸精，因而偏向了全面的女性化。

汙名化，造成狐狸精一味被醜化、扭曲，讓狐狸本性（狐性）的多樣，也被壓縮、被窄化。狐狸的形象，自此再難翻身。

狐狸，生存能力極強，廣泛的分布於世界各地。

中華大地上的狐狸，屬赤狐，體積不大，但繁殖力強，生性機敏，毛皮潤滑，多數狐類可以被人類馴化。因此，在文獻中，記載的關於狐狸的傳說，逸聞，甚至迷信，都相當豐富。

武俠小說，或妖怪誌異，常常提到「九尾狐狸」，或「九尾怪狐」，通常都是不懷好意的，以它來形容那人的詭詐與機靈。事實上，九尾狐狸，並非真的九條尾巴。而是，傳說中，狐狸每百年，尾巴可以分裂一次。於是所謂九尾，既是指這狐狸長壽，也是指這狐狸進化驚人。想想九尾，不就是至少九百年的修煉嗎？不進化，不成精，才怪吧！

歷史上有名的，讓帝王從此不早朝，且荒淫無度的第一個名女人，妲己。據說就是九尾狐狸變身而成。

但，九尾狐狸並非一直這麼壞。

大禹治水，三過家門不入，忙於治水的他，當然無暇把妹，沒空娶妻，據說三十而立了，仍然四處忙碌，孤家寡人一個。而他能成親成家，則跟九尾狐狸有關。

「禹三十未娶，行到塗山，恐時之暮，失其度制，乃辭曰：吾娶也，必有應矣。」

沒想到，眞的耶！

「乃有白狐九尾，造於禹。禹曰：白者，吾之服也，其九尾者，王之證也。」

簡單講，他緣分到了，在塗山這裡，他突然有感，該成親了。這時，一隻漂亮的九尾白狐出現了。

當然不可能眞的「人狐交」，而後結婚有子嗣。

依人類學，合理推測，白狐，很可能是塗山當地氏族的圖騰（狐狸崇拜），很可能這支氏族裡，有個漂亮女子披著白狐獸皮，背上、肚臍眼搞不好還有白狐的刺青（哇，想來就有些興奮啦），就跟大禹送做堆，成婚了。

大禹一開心，從此白色是他的幸運色。而狐狸之九尾，則取其個位數字之最大意義，意味長長久久，多子多孫。

所以，了解九尾狐狸的典故，源頭可以推至大禹治水的年代後，我相信，倘若現在還有狐狸精，她們也應該會跑過來，圍攏著我，對我說：啊，蔡哥哥您眞好，替我們狐仙、狐妖、狐狸精平反歷史啦！原來，我們對治水，也有「幫夫運」啊！我們太愛你了！

好，衆家狐狸精姊妹們，兄弟們，不必謝我。我也跟〈聶小倩〉裡的甯采臣一樣，「生平不二色」。所以，不要再謝我了。要謝，先謝謝蒲松齡吧！

是他，以《聊齋誌異》爲廣大的狐狸精們，做了最誠懇的平反。

首先，要平反的是，狐狸精啊，狐狸精，爲什麼「非得要是女的咧」？

男的，花美男的，不行嗎？

〈俠女〉中，搭訕顧公子的，是花美男狐狸精，他一出場，便是「姿容甚美」。一個男人，被譽之爲「美」。不是花美男，是什麼？

這狐狸花美男，也夠嗆的，不但可以把心儀「俠女」的顧公子，硬生生搶過來，甚至還敢跟俠女嗆聲。逼得俠女最終用血滴子一樣，會飛的匕首，把他給幹掉了。

這其中，人狐男男戀，有趣。而人狐男女爭寵較勁，亦有趣。

在〈酒友〉這故事裡，雄狐狸嗜酒，夜裡常常跑到睡前「非浮三白不能寢也」（睡前一定要喝它三大杯啦）的車生家裡，趁著車生醉酒酣睡，便把殘酒一飲而盡。

有意思的是，這狐狸兄每喝必醉。正因爲醉倒，才被某夜醒來的車公子發現他是狐狸。可是，這車生亦絕啦，迷懵中，半睡半醒，伸手觸摸到毛茸茸的大物，一點也不驚不怕。反而在發現他也是喝醉了後，便笑稱「此我酒友也」。

自此，一狐一人，兩個男性，成爲好友。不但喝酒，且這狐狸還教車生如何買低賣高，賺價差，做買賣，「由此益富，治沃田兩百畝」。而且他們感情忒好。這狐狸「呼生妻以嫂，視子猶子焉」，根本像親兄弟一般。直到車生過世，狐狸才從此不再出現。

沒有了車生的共飲，連狐狸兄弟也覺得悶酒無趣。

這段人狐之間，因喝酒而發展出的兄弟朋友情誼，說來也感人啊！

〈黃九郎〉這一篇呢，黃姓少年，排行第九，人稱黃九郎，是隻狐狸，但以人形出現時，

「年可十五六，丰采過於姝麗」。（男人用姝麗形容，絕對屬花美男！）

這花美男竟然迷倒有斷袖之癖的何師參，對他一見鍾情，爲他魂不守舍，百般追求。但黃九郎卻不是荒淫之狐，反而一再勸戒何師參找個女人安定下來。（像不像現在異性戀對同性戀的勸戒？只是此話，出於一隻狐狸之口而已。）

九郎最後拗不過何師參的苦苦追求，人狐遂在一起了。可是，人狐男男戀，卻比人狐男女戀更糟蹋身體的樣子，不久，何師參竟然日趨神色黯然，病死了。

這故事還有後續，不過重點是，蒲松齡筆下的男狐，通常不只是「美風儀」，因爲美風儀除了俊美，還有男人味。蒲松齡筆下的男狐，好看者，幾乎就是接近「女人的美」。或許是這樣吧，才會激起女性的嫉妒，甚至仇怨。

這也並非蒲松齡個人的特質使然，我們回想一下，時代相距不遠的曹雪芹，他筆下的奇男子賈寶玉，不也是這樣的花美男氣質嗎？

而這條「美男子」氣韻的變化路線圖，我以爲跟魏晉以後，江南風格的崛起，應該脫不了關聯。像書法裡的，北派南派風格，北碑硬是豪放，南帖就是婉約。

讀《聊齋誌異》是可以重新挖掘，關於男人之美的新線索。

蒲松齡經營的人鬼狐傳奇，絕不是像傳聞中說的，是他攔住路人，定要講一段鄉野奇譚，才放人家走那樣，只是純粹記錄逸聞野趣。（魯迅批駁過這觀點。）這樣看待蒲松齡的《聊齋》，實在太貶低他的才情意圖了。

我們仔細讀《聊齋》，可以感受得到，他是眞心喜歡這些故事的。字裡行間，處處看出他的細膩，與感同身受。

他有時把故事寫得像傳說，有時寫得又像有憑有據。但有時，卻讓故事飄渺得像迷信，有時卻又人名地點事件俱在，然而狐鬼交錯其間，彷彿人反而是背景，成配角。

蒲松齡到底相不相信自己寫出來的故事呢？

我認爲，他衷心希望，這些都是眞的。

他筆下的人，固然有善有惡。但那是我們習以爲常的世界，實在不足以爲奇。唯有，鬼狐出沒的曖昧地帶，杳冥邊界，才足以稱奇。

我讀《聊齋誌異》，不時會想到大導演史蒂芬・史匹伯，曾與另外三位導演，聯手拍過一部電影，改編自賣座電視影集《陰陽魔界》（*The Twilight Zone*）。片子並未大賣，不過，twilight zone這詞彙，有懸念。

我們希望人生光明，但人生最困惑、最危險的考驗，都在曖昧不明之際。善惡是非，不也都有曖昧模糊的邊界嗎？

蒲松齡的人狐交鋒，鬼狐鬥法，不是在辨明是非善惡，而是告訴我們：世界比我們以爲的更爲深邃。

於是，狐狸精，不全是騷女啊。

該注意的，是花美男。

4

啊，你好心放牠生路的揚子鱷，原來她是王妃，她要把公主嫁給你！好人真有好報啊！

明清是中國專制政治，最後倒數的兩個王朝。

一漢一滿，儒家文化主導，封建價值當令，這是統治者必須用的「以德治國」的招數。

在這前提下，父權體制，家父長制的精神彌漫，是不爭事實。可是，凡生物必尋找生命的出口，女性亦然。

女人，不會只甘於做「第二性」的。

她們只是很容易被淹沒，或湮沒於男性主導的書寫紀錄而已。但，留意文化史的人，其實可以沿著一條重要線索，去穿透正史，或男性官方書寫的限制，那就是筆記小說。

筆記小說，留下了許多男性「坦誠的告白」。關於他們的感性，關於他們的脆弱，關於他們對女性的讚美與讚歎！

《金瓶梅》裡，對女性情欲昂揚的捕捉。《紅樓夢》裡，對女性靈性知性的描繪。而《聊齋誌異》則透過人狐鬼的交纏，讓「女性」或經由人，或鬼，或狐或妖等等載體，顯露女性的美好與剛毅堅定。這，同樣是一部我們突破主流價值設下的重重包圍，去挖掘傳統社會裡，「女性精神」的好小說。

與《金瓶梅》、《紅樓夢》文體不同之處，《聊齋誌異》是許多短篇，乃至極短篇小說，所集結的一本書。

由於這樣，書裡提供的樣本、案例、故事，才多樣繽紛、光采十足。

依我之見，〈西湖主〉是一篇不可多得的，讚美女性陽剛氣質的好故事。

一樣有個不太得志的書生，叫陳弼教。但還好，沒有窮到鬻文鬻畫爲生。而是幫一位副將軍當「記室」（文書之類的）。

故事起頭是，有一回，他們行舟洞庭湖。忽然湖面浮出一隻豬婆龍（揚子鱷），這將軍挽弓一箭射去，正中背部，捕上來一看，未死，且有一條小魚啣住龍尾不放，於是一併放在船上桅杆旁，奄奄一息。

這時，陳書生起了惻隱之心。要求將軍放牠一馬，將軍允了，陳書生拿出金創藥，敷在傷口上，便放生牠們。這事，便算過了。

一年多後，陳書生北歸。再經過洞庭湖，沒想到遭遇大風，船覆沒。他抓住一個竹籠，漂浮許久，死裡逃生，上岸了。

但岸上了無人跡，他又餓又累。總不能坐著等死啊？於是，穿山越嶺，想找到人家求助。突然好像聽到箭鏑聲（箭射出去後會有一種穿透風阻的聲響），他正懷疑是不是餓壞了，出現幻聽。說時遲那時快，兩個勁裝妙齡女郎出現了。

「有二女郎乘駿馬來，騁如撒菽。各以紅綃抹額，髻插雉尾，著小袖紫衣，腰束綠錦，一挾彈，一臂青鞲。」

帥吧！我們簡直是看到周星馳主演的《鹿鼎記》裡，林青霞演的「神龍教」教主，其手下一票美麗女將出場的架勢嘛。

額頭綁著紅巾，頭髮盤起來，插著雉雞的羽毛，衣服緊貼身軀，以便行動俐落。那一挾彈（就是彈弓），那一臂青鞲（就是手臂上讓老鷹停靠的皮革套），可見這兩個漂亮女郎，是出來打獵的。

果然，這兩個是哨兵。隨後，大隊人馬到了。「數十騎獵於榛莽，並皆姝麗，裝束若一。生不敢前。」

難怪這書生嚇到了，排場多大啊！

數十騎駿馬，馬上全是裝扮一樣的年輕美麗女子，男人看了不被「電死」才怪。

這時，一位「馭卒」，徒步的小兵（男的），緩緩走過來（當然啦，徒步嘛），書生問他，才知道是「西湖主獵首山也」，西湖主這個官家，來這狩獵啦。但西湖主是誰呢？還在賣關子，沒說。

書生跟馭卒討了乾糧，充飢。馭卒是好人，提醒他：宜卽遠避，犯駕當死！

恐怖吧？也埋下後續的伏筆。

告別後，書生慌慌張張，找路下山。

他跌跌撞撞，撞進一座豪宅庭園。不知怎地，竟然沒人攔阻，他便闖進去了。（當然，若不闖進去，故事就沒下文啦。）

蒲松齡雖然科場不得意，八股文取士他吃鱉，可是若論作文實力，他可一流。

且看他怎麼從書生的眼睛，看豪門大宅。

「……疑是貴家園亭。梭巡而入，橫藤礙路，香花撲人。過數折曲欄，又是別一院宇……」

看看，多豪門啊！繞了半天，又走進一個大院子。

「垂楊數十株，高拂朱簷。山鳥一鳴，則花片齊飛；深苑微風，則榆錢自落。怡目快心，殆非人世。」

我超喜歡這段文字，多美！鳥鳴，花落，風吹，葉飄。既寫美景，亦寫書生被美景舒緩的心境。高明。

接著，書生繼續往前。

「穿過小亭，有鞦韆一架，上與雲齊；而罥索沉沉，杳無人跡。」

安靜的鞦韆，至少暗示了，這裡可能是小姐女士休憩之地。

果然，這書生很敏感：因疑地近閨閣，恇怯未敢深入。

接著，電影畫面來啦。

數個年輕女子進園內，一人說今天運氣不好，沒獵到什麼啊。

另一女子道：還好公主射中大雁，否則白跑一趟啊。

過一會兒，幾位女子簇擁一女郎登場。

這女子「年可十四五，鬟多斂霧，腰細驚風，玉蕊瓊英，未足方喻」。

不懂嗎？就說沒事要讀點古書文言嘛，否則怎麼知道書中的「顏如玉」呢！

簡單講，這女子顯然是公主啦！

頭髮烏黑茂密，如收束起來的濃霧。腰圍纖細，連風拂過都驚歎不已。玉蕊、瓊英，都是形容花的美豔，但很抱歉，都不足以襯托這位公主之美。

你發呆啦？

不用諂媚我，解釋得好。

其實連那書生也驚呆了。

尤其，當衆丫鬟都要公主盪鞦韆之後，公主身輕如燕，擺盪輕盈，衆人皆曰：公主眞是仙女啊！

這偷偷窺探的公子，亦發癡了。

當這群人離開園子一陣子後，書生仍在發呆癡想。

這姻緣要怎麼牽呢？

嘿嘿，有了。公子走到鞦韆旁，地上遺留一條紅巾。（多巧啊！）

書生一看亭子裡案上有筆墨，便寫上一首詩。

「雅戲何人擬半仙？分明瓊女散金蓮。廣寒隊裏應相妒，莫信凌波上九天。」

這詩，是關鍵。有這詩，才有後來曲折的故事。

寫詩，這年頭不算流行了。不過，把妹、戀愛時，寫它幾行噁心巴啦的詩，還是挺管用哦。

這詩什麼意思呢？

很簡單，噁心但女人愛聽。

那個盪鞦韆的美女是仙女嗎？根本就是天女在散花啊！她眞美，即使嫦娥在世，也要嫉妒吧？曹植在〈洛神賦〉裡描述的凌波仙子，不就在我眼前嗎？

是妳，是妳，就是妳！

愛情密碼，不斷重複。是妳是妳就是妳。

故事在中間的轉折很有戲。

書生困在院子裡。又餓又累。一位丫鬟，來找紅巾，發現他。於是帶著紅巾去回覆公主。

這段要仔細看。

丫鬟以爲公主的手巾被這樣題詩糟蹋，書生死定了。（可見丫鬟眼裡，公主脾氣不小！）但沒想到，公主反覆看了三四遍，竟無怒容，但也沒進一步表示。書生就繼續困在園內。

丫鬟問公主，是要饒恕他嗎？若是，就放了。不然，在園內會餓死。

這公主眞是太難搞了。她這麼回丫鬟：「深夜教渠何之？」（這麼晚，妳要他去哪呢？）於是就讓丫鬟給他送飯。

長夜漫漫，書生又懇請丫鬟幫忙疏通。

丫鬟回答也有意思：「公主不言殺，亦不言放。我輩下人，何敢屑屑瀆告？」（公主不表態，我們丫鬟怎麼敢一再去催她啊？不要命啊！）

男人們，有沒有覺得我們在追太座的時候，都有類似的際遇。老婆當時不說愛你，但也沒說不愛你。

各位，這叫「折騰」啊，這叫「愛的試煉」啊！

蒲松齡會講故事。

這裡，故事又轉折高潮了。

王妃聽說院子裡闖了個男人進來，大怒。要搜捕。斬之。眼見危急之際，突然有一婢女，看到書生，「這不是陳郎嗎？」刀下留人，刀下留人，等我稟告王妃再說。

劇情急轉直下。

陳公子被帶往一座宮殿。美麗王妃高坐在上。書生嚇得伏地稽首。卻不料聽到的是，「我若不是因爲您，怎會有今天呢？」

書生還是一頭霧水。

王妃又說，沒想到您今天竟在我女兒的手巾上題詩示愛，這尤其是緣分啊。

書生更加懵了。

就這樣，書生茫然的被送做堆，跟公主成親了。

是夜，這書生眞是書呆子，美女坐在他身旁，他竟然還以爲是碰到「詐騙集團」，不敢相信一切是眞。

他追問公主，這到底怎麼一回事啊？

這時，公主才告訴他，昔日洞庭湖裡救的豬婆龍，是王妃。而認出他的婢女，是啣住龍尾不放的，忠心耿耿的小魚。

眞相大白。

書生可以跟公主上床，去做愛做的事啦！

是不是，你是不是後悔了，去年去那家土雞城時，你沒放過那隻母雞！

是不是，你懊惱打死那條爬進你院子的青蛇！

就告訴過各位啦，好人必有好報嘛！

這篇〈西湖主〉其實相當玄妙。

故事結尾，反高潮。

書生娶了公主，數日後，覺得還是該先派僕人回家報平安。

家人以爲洞庭湖翻船後，書生久無音訊，應該是罹難了。書生的妻子，穿喪服都穿了一年多。（驚悚吧！天上數日，地上一年多。）更不可解的是，半年後，書生回來了。帶著大批財富。從此過著上流社會的生活。（他潛逃嗎？他離婚了嗎？他被趕走了嗎？）

詭異的是，陳書生有一位自童年熟稔的好友，叫梁子俊，在南方遊宦十多年。返鄉路上，經過洞庭湖。看到一艘畫舫，極爲精緻，不時有美女推窗眺望。他不禁多看幾眼，孰料，竟看到陳書生！

隔船高喊他的名字。兩人相認，甚是開心。今非昔比的陳書生，邀請梁子俊登船，設宴款待。酒酣耳熱，陳書生介紹了他的妻子，並表示要舉家西渡。臨行，陳書生還送了顆明珠給好友。

故事詭異在，梁子俊回鄉後，去陳書生家探視，卻發現陳書生正與賓客們飲宴暢懷。梁子俊問：昨天不是才在洞庭湖嗎？這麼快回來？（明明你說要西渡的啊！）

陳書生笑回，沒有啊，怎麼可能！

梁子俊於是描述了整個來由。舉坐賓客聽了，皆感不可思議。

陳書生開玩笑地講：「君誤矣，僕豈有分身術耶？」

是啊，又不是宋七力啊！

這事，便不了了之了。

陳書生活到八十一歲壽終正寢。出殯之日，家人驚訝怎麼棺木如此之輕。

打開一看，棺木裡，空空如也。

故事結束。

詭異吧！

唯一可以解釋的是，蒲松齡採取了後來有些導演，有些小說家喜愛的手法，「開放式的結尾」，你愛哪個結局，由你決定。

你呢？你愛哪個結尾？

讀完這故事。我決定要去東北角海岸，看人家海釣時，有沒有大一點，漂亮一點的魚，被釣上岸，我可以買下來，放生。然後，回家，等著，等著公主來敲門！

5

感謝蒲松齡，他愛聽秋墳鬼唱詩，我們更有理由厭煩人間語了！

好像，了不起的作家，都很寂寞啊。

並且，不是普通的寂寞。

曹雪芹落魄蒜頭市集，貧病交迫，僅寫完《紅樓夢》一百二十回的前八十回。

令人驚歎的《金瓶梅》，作者連本名都不敢示人！他會過得很得意嗎？應該不至於。蘭陵笑笑生，從此湮沒於歷史，徒留傳聞蜚語。

《聊齋誌異》蒲松齡，處境似乎在曹雪芹與蘭陵笑笑生之間。

他沒有曹雪芹那般落魄。

蒲松齡一生沒得意過，卻也沒有遭遇曹雪芹那樣，目睹家道中落的悲情。

他比蘭陵笑笑生幸運，至少他生前，《聊齋誌異》便深受好評，雖未付梓出版，私下傳抄的份數，相當驚人！而後世，愛談人鬼狐妖、鄉野奇譚的，無人不知，蒲松齡其人其事，與其書。

儘管，蒲松齡一生功名無望，他的名聲，卻早超越清朝不知凡幾的進士、舉人，而成爲家喻戶曉的超級文壇明星。

這些，都是他，比曹雪芹，比蘭陵笑笑生，幸運之處。

可是，人眞是奇妙的動物啊。

蒲松齡原本哪裡會知道，他最終竟以《聊齋誌異》聞名天下，留名後世呢？

他十幾歲，以神童聞名，讀書過目不忘；寫文章，傲視群倫。

十九歲那年，風光透頂。第一次去考「童子試」，卽拿下縣、府、道，三個第一，補博士弟子員。夠嗆吧，十九歲的秀才，人人豎大拇指，按讚！

大家都說，他前程似錦。

但十九歲之後，考運的配額突然用完了。從此，他跨不過舉人以上的考試。

他一路考到五十歲，次次落榜，落榜，落榜，落到他意氣全無。

科考這種事，不是用功，不是才氣，便保證一路順風的。

考運這檔事，很邪門。

你能想像，一個十九歲，科場得意的少年，之後，卻是漫長的三十餘年，從青年，中年，到初老，都一路吃鱉嗎？

不可思議，不可思議。

那年代，讀書人，科舉得意，跟不得意，差很大啊！

得意的人，未必個個官場得意。但科場不得意，則注定官場上只能「次等人」。

科場不得意者，爲了謀生，要不，去替科場得意的人，當幕僚，當文書，當家庭教師；要不，自己開私塾，招學生，收學費，謀生計。

蒲松齡呢？這兩條生計，他都幹了。夠淒涼吧！

於是，蒲松齡一邊當幕僚，當老師，還一邊不斷應考。

然而，他的心思，他的學識、見地，早不是科舉八股那類文體範圍所能規範。他四十八歲時，應試再度失利，那次的經驗，是他「學問高於考試」的最好例子。他自覺考得順暢，卻因爲得意疾書，嘗到「越幅被黜」（寫得太好，寫得太多，超出範圍，不算！）的懲罰。距離他最終放棄科舉的五十歲，不到兩年了。

慘吧！

但若論考場的慘，蒲松齡不算最慘。在清朝，不乏近百歲的童生，依舊想要進考場，搏它一搏。

正因爲科場命運難卜，吳敬梓的《儒林外史》裡，〈范進中舉〉後幾近癡狂的高興，才有其合情合理的背景吧！

蒲松齡之所以沒有發瘋，沒有像百歲童生一樣，繼續考考考考「考到死」，跟他後來有了寄託，寫《聊齋誌異》有關。

因爲寫了《聊齋》，蒲松齡卽便沒有舉人進士狀元的頭銜，但他的成就，他的知名度，卻遠遠超過一堆科學得意的人。

人生，什麼是得，什麼是失呢？

蒲松齡寫完《聊齋》後，直到離世，都沒看到它出版。「初亦藏於家，無力梓行。」家貧無錢出版，書稿一放，要放到過世五十年後，方得以面世。老天庇佑，一堆書稿，沒被蟲蛀，沒被丟失，沒被祝融光顧，沒被子孫賤賣，都是不幸中的大幸啊！

蒲松齡因爲科場不順，始終無緣當官。長期幕僚生涯，他當然有機會目睹官場之眞面目，理解民間社會之眞痛苦。

《聊齋》一書，看似人鬼狐妖的傳說奇譚，然而，如同王國維在《人間詞話》裡，對寫實主義、理想主義兩派創作的分析：造境之人，必有所本。寫境之人，必臻理想。也就是，再怎麼馳騁的想像力，總歸有個現實的基礎連結；而再客觀寫實的手法，其作者內心亦一定有自己理想的境界。

了解《聊齋誌異》，正可以用這角度去切入。

蒲松齡當然對現實世界有諸多的感懷與不滿，才寧可投入一個理性無法解釋的，人鬼狐妖，彼此交錯的虛構世界。可是，這虛構的人鬼狐妖世界，究竟怎樣互動，怎樣失落，怎樣有恩報恩，有仇報仇呢？

我們讀這些故事，之所以有感，實因「似曾相識在人間」；我們讀這些故事，之所以喟嘆，也因「答案就在此山中」。

蒲松齡是以關懷現實的角度入手，構築了一個超越現實的虛構世界，讓人鬼狐妖重建了一些新秩序、新倫理，或者，新理想吧！

他筆下人鬼狐妖，個性鮮明。他創造虛構世界，有情有義。

他的生活世界有兩個，一個眞實而殘酷，他必須教書爲生，且不放棄登科中榜的希望（雖然愈來愈渺茫）；另一個世界呢？不眞實，但可愛。他把蒐羅來的原始故事，加以剪裁，添加他個人的詮釋、批判，當成他在眞實世界裡失意的補償。

正因爲他能從容出入於這兩個世界，他才沒被科場失敗打垮。也由於他在現實中的落魄，他在虛構世界裡的視野，才那麼溫暖，貼心，而感人。

要理解蒲松齡的矛盾、困惑，必須從他的「兩個世界」入手。

要全面讀懂《聊齋》的虛虛實實，眞眞假假，亦唯有穿梭於蒲松齡的「兩個世界」。

《聊齋》，是吻合「雖小道，亦有可觀者焉」的觀點的。

只是，那些「可觀者焉」的部分，常常是在失意落魄的人身上，在狐性溫婉體貼的狐狸身上，在鬼道也有是非善惡之辨的陰魂身上。

蒲松齡筆下的主角，若是人，這些人都不太得意；若是鬼，這些鬼都很可愛；若是狐，這些狐狸都很精靈。

得意的人，是不需要蒲松齡特別爲他們立傳的。

得意的人，也沒有什麼閒情逸致，去關心鬼狐與自己的牽扯吧？

反而，是夠閒，夠百無聊賴的人，有時間，有心力，去牽扯鬼狐的瓜葛。

得意的儒生，「未知生，焉知死？」，「未能事人，焉能事鬼？」，「子不語怪力亂神！」

得意的儒生，都去當官，做大事了，誰管鬼狐之事啊！

唯有，失意人能換得清閒，在街頭巷尾，在廟口樹下，能聽得市井小民，白髮耆老們，有事沒事的閒磕牙。

蒲松齡眞心相信他聽到的故事，他蒐羅來的逸聞嗎？

很難講。

從書寫上來看，他非常認眞的記下，某些怪異現象的人事時地物等等細節，似乎很相信。但有時，他又會在收尾時，來上一段「異史氏曰」，有評有論，似乎又給人不過是假借這故事，啓發我們對人世的重新理解而已。

蒲松齡自己一生考場不順，他對「落魄書生」的體會，肯定極深。

古代科舉，不是輕鬆事。

常常是整個家族，在支撐一個有前途的年輕小夥子。一人得道，雞犬升天。但這一人若不得道呢？那就慘了。

《紅樓夢》裡，賈府寄託在賈寶玉和他的姪子身上。可是，別忘了，賈府雖沒落，畢竟百足之蟲，死而不僵。支撐兩個晚輩讀書，是一定夠的。

蒲松齡沒這麼好運。

他必須找工作，邊賺錢持家，邊參加科考。辛苦啊！考上，老天有眼。考不上，很合理。人家是第一志願保證班，你呢？打工回家，夜裡繼續挑燈夜戰。勵志電影可以讓你像《火戰車》，像《洛基》，一夕成名。可是，人生啊人生，沒那麼戲劇化。

蒲松齡筆下的落魄書生，爲了省錢，多數住在破廟，廢棄宅邸。人煙稀少，雜草叢生，蛇狐野兔亂竄其間，怪力亂神，狐妖鬼怪，在山嵐霧氣裡滋生蔓延，都是很合情合理的現象。這些書生，落拓已極，對鬼對狐，還有何可懼可怕呢？生命必須找一個出口。落魄之人，出口不在現世，而在光怪陸離，狐鬼交錯的迷離世界，那也是無可奈何的選擇啊。

《聊齋》算不算一種烏托邦境界？

《聊齋》算不算一種推開現實之窗，仰望無盡星空的冥想國度？

《聊齋》有沒有作者排遣無可奈何的愁鬱，而把美好寄託於鬼狐之杳冥的渴望？

蒲松齡是寂寞的。

還好，他排遣寂寞的方法，是書寫關於杳冥的異想世界，爲我們開啓了人鬼狐妖的綺麗天地。

沒有《聊齋》，人間太無趣了！

料應厭作人間語，愛聽秋墳鬼唱詩。

6

鬼狐爭鋒，誰美誰厲害？人鬼狐，三人行不行？看看蒲松齡怎麼說窮書生坐享齊人之福！（上）

鬼是人變的，但不是人人死後都會變成鬼。必須死不瞑目，或心有所憾，無法投胎轉世，才有變鬼的條件。

狐狸呢？要幻化成人形，必須數百年的修行。一旦，幻化成人，狐性與人性的比例，端看個案而定。有的狐，壞啊；有的，則溫良恭儉讓。

人要遇見狐，或看見鬼，純粹運氣嗎？未必。

從《聊齋》的衆多故事來看，遇狐見鬼的，多半還是不得意的書生居多。且場景，多在荒廢宅院，偏僻破廟。至於，是遇鬼，是撞狐，則眞的是運氣了。

多數的故事，是鬼狐之間，你只撞見一種。
但也有人，硬是八字好，偏偏兩者，鬼狐都給你撞到啦！
同時撞見鬼狐，算倒楣嗎？
不一定。
因爲蒲松齡的鬼狐，常常不可怕。甚至，鬼狐對人，還比人對待人，要善良得多，要溫情得多。但，人若同時跟鬼狐相親相愛後，難道鬼狐之間，沒有嫉妒，沒有矛盾嗎？
蒲松齡寫下了〈蓮香〉，讓人狐鬼三人行。行不行呢？讓我們慢慢看下去。
書生姓桑，名曉，從小孤兒，住在水濱，除了出去用餐外，多半時間是獨居靜坐。（非常之宅男！）
他的鄰居問他，不怕鬼狐嗎？
他神回一句：「丈夫何畏鬼狐？雄來吾有利劍，雌者尚當開門納之。」（男鬼狐來，我砍他；女鬼狐來，我開門歡迎。）
豪氣吧！

他的鄰居惡作劇，找來一位妓女，夜半敲門，桑小生隔門問誰？女子自言是鬼。嚇得桑小生「齒震震有聲」。當然揭穿了他的豪氣是假。友輩取笑了好久。

這事不了了之。

大半年過去，一晚，又有女子敲門。桑生以爲朋友再來開玩笑嚇他，這回他大膽開門，一看，乖乖隆地咚，一位「傾國之姝」！（美的咧！）

女子害羞，說是「西家妓女」，叫蓮香。

由於附近鬧區，確實有青樓在營業，桑生不疑有她。

男人嘛，賤！天上掉下來的美女，當夜就給她上了。之後，隔個三五天，這蓮香便來一趟。

一夜，桑生獨坐，突然有一女「翩然入」。（翩翩然進來，旣優雅也怪可怕的。）桑生原以爲是蓮香，仔細一看，不是。只見她婀娜多姿，「行步之間，若還若往」。（那種走起路來，很會搖啊擺的啦！）

桑生直覺她是狐狸精。但，美女自稱良家婦女，姓李，「慕君高雅，幸能垂盼」。

這桑生，誰啊？這麼厲害！美女怎麼一個個投懷送抱？

我也是讀書人啊，我也夜讀靜坐沉思啊，怎麼不來找？

這麼一句「慕君高雅」，可把書生樂壞了。他立刻不怎麼高雅起來，伸出鹹豬手，去握美女的手，但（心頭一驚！），怎麼會「冷如冰」呢？

書生不免起疑。美女則說，人家自幼體質單寒嘛（撒嬌狀），這麼晚來看你，夜蒙霜露，怎會不手腳冰冷呢！（依偎狀）這書生可眞好騙（當然也可能是精蟲衝腦！）相信了，急著要給人家溫暖，動手脫人家衣服。

你知道嘛！女生都這樣的，「妾爲情緣，葳蕤之質，一朝失守。不嫌鄙陋，願常侍枕席。房中得無有人否？」（哎呦，眞是急死書生了，這麼文謅謅幹嘛？講白話文：人家我含苞待放，人家我是第一次。人家今天給了你，你要珍惜人家啊！對了，你，你還有其他馬子嗎？）

這書生，眞是「天下男人都是一樣的」，他說：「無他，止一鄰娼，顧不常至。」（沒有！偶有交往的，不過一位附近的娼妓而已，也不算常來。）

女生無所謂，只要求不要撞期，她來我走，我來她不在，即可。臨走前，還給書生一隻繡花鞋。「想我的時候，撫弄它，以解相思之愁。」

過了一夜，書生好奇，拿出繡花鞋，把玩著，女生突然便飄然出現了。以後，屢試不爽。

書生不好奇嗎？當然會。

但他好騙嗎？還真好騙。

他質疑，美女便撒嬌：哎呦，就是那麼剛好嘛，就是那麼巧嘛！

他，竟全信了。

這麼一陣子後，蓮香來了，一看書生，嚇一跳，氣色變那麼差！「郎何神氣蕭索？」

書生說，不會啊，很好啊！

蓮香便約了十日後再來。

接著，李小姐又來了。問書生，她美還是蓮香美？

書生畢竟讀過一些書，不笨。他說：「可稱兩絕。」妳們都美啦，不分軒輊。

可是呢，蓮香她「肌膚溫和」。意思是，你呢？手腳冰冷。

李小姐服不服呢？

美女嘛，服氣才怪。

果然她也約了十天後，要偷偷比較一下。

十天到了。蓮香出現，一看桑生，大駭。到底怎麼回事，十天不見，你竟然氣色差到這樣？書生問，會嗎？

蓮香憂心忡忡，「妾以神氣驗之，脈拆拆如亂絲，鬼症也。」（脈搏混亂，如亂絲纏繞，這是遇鬼的症狀啊！）

隔夜，李小姐來了。書生問，你看到蓮香了，覺得她如何？

「美矣。妾固謂世間無此佳人，果狐也。」

好了，李小姐是鬼，蓮香是狐，鬼狐同時愛上一個書生。

眞是，不可思議啊！爲何都要愛上窮書生呢？（蒲松齡果眞「肥水不落外人田」，美女都包給窮書生了。）

書生覺得這些女人眞麻煩，不是說對方是鬼，便是指對方爲狐，根本是美女相嫉嘛！但，鬼來，書生也要愛愛。狐來，書生也要愛愛。又不是無敵鐵金剛，撐得住嗎？又，是鬼「吸精」，還是狐「耗損」呢？

蓮香回答書生的疑惑時，說得淸楚：像你這樣的年輕小夥子，做愛一次，三天便體力恢復了。就算遇見狐，也不必擔心。但如果你不知愛惜健康，每天都做愛做的事，人要比狐狸，更傷你的身體啊。身體虛弱是事實。書生被一再催逼下，講出他跟李小姐的祕密約會。

蓮香生氣，也偸偸窺視了書生跟李小姐的約會。（那年代，沒監視器沒針孔攝影，只好躱在簾後偸窺。）

蓮香不看還好，一看果然是鬼！

書生相信嗎？不信。

他還是以爲，妳們女人哦，眞麻煩，怎麼老是吃醋呢？他傻傻的，告訴蓮香，人家李小姐還說妳是狐狸精呢？

蓮香一氣，便離開了。而李小姐呢？則夜夜來陪宿。

再過了兩個月。書生日漸虛弱。才驚覺狀況不對。他對李說，我眞後悔沒聽蓮香的話。（男人是不是賤，得了便宜還賣乖！）妳若是李小姐，怎樣?當然也是氣得拂袖而去啊。

書生病得迷迷糊糊之際，蓮香出現。

書生求救，蓮香搖頭太晚。

書生要蓮香拿出繡花鞋，剪碎它。蓮香在燈下撫摸鞋子，這時，李女現身了。

兩位美女，一狐一鬼，當面直球對決。

李，是官家之女。早夭。「已死春蠶，遺絲未盡」，生前從未談戀愛，不甘心，死後仍想談戀愛啦，但絕對無心要害書生。

狐狸好奇，鬼有男有女，地下不能戀愛嗎？（好問題，我也沒想過。）

女鬼搖頭嘆息，「兩鬼相逢，並無樂處；如樂也，泉下少年郎豈少哉！」（看來，帥哥還是活著的好啊！）

狐狸指責女鬼，妳這樣天天纏他，他怎麼吃得消？

女鬼回嘴，妳們狐狸精也會搞死人啊，怎能批評我？

狐狸說了，我不是那種狐狸精。「世有不害人之狐，斷無不害人之鬼，以陰氣盛也。」（陰陽兩隔，就是不對！）

虛弱得快要死掉的書生，這時才明白，世間眞有鬼狐存在啊。而他，何其有幸，美鬼，豔狐，都給他碰上了。

碰上一個，都是僥倖，何況兩者皆俱？

書生也是很欣慰自己的運氣的。

但，要有這好運，首先你得不怕，對吧！

「幸習常見慣，頗不爲駭。」

你若知道對方是女鬼，是狐狸精，你會怕嗎？

怕，就沒機會。不怕，就要短命。

你選哪條路？

躺在床上，氣息奄奄的書生，看著兩位美女，一鬼一狐，爲他爭執，心中好生得意啊。不過自己命在旦夕了，「但念殘息如絲，不覺失聲大痛。」

他，完蛋了嗎？

他，死得瞑目嗎？

女鬼，女狐，在千鈞一髮之際，能救他一命嗎？

請看下回分解，別走開。

（切記，晚上有陌生美女來敲門時，別怕她是鬼，是狐，怕的是，你老婆剛剛微整型回家，而你沒認出來！）

7

鬼狐爭鋒，誰美誰厲害？人鬼狐，三人行不行？看看蒲松齡怎麼說窮書生坐享齊人之福！（下）

究竟女狐，美？還是女鬼，豔？

說眞的，我也沒見過。

電影電視上，演女鬼扮女狐的，個個皆美麗，但統統不算數。卸了妝，回到眞實生活，每個都是人。再美再豔，都跟鬼狐無關。所以你只能說她們是史上最美女鬼扮相，最豔女狐化身，但你不能說她們是美麗女狐，美豔女鬼。

沒人眞的拍下女狐女鬼之美，對吧！

事實上，《聊齋誌異》裡，蒲松齡形容女狐女鬼之美，還是有等差級數的。不是個個美若天仙，賽過西施的。

但，狐妖鬼魅，爲何要美要豔？

這難道不是好問題嗎？

狐狸美，有一定的道理。

狐狸既然必須靠修煉，才得以成精。那牠不把自己修煉到帥，到美，不是挺無聊的嗎？就像醫美醫美，沒聽說把自己「醫醜」的，是不是？

九尾狐狸，每百年尾巴斷岔一次，九尾至少近千年之狐，牠若不在乎外觀，豈不神經病嗎？要我，當然必得修煉成金城武加韓國花美男的綜合體啊！不然，我沒事練它幾百年幹嘛？

所以，狐狸精美、帥，合理。

鬼呢？

照傳統社會的輪迴觀，人死投胎，作姦犯科的下地獄。

鬼，是徘徊於陰陽兩界之間，仍有人世留戀、牽絆的魂魄。人可以見到他們，乃因他們必須借住於軀體。但這軀體，只能於陰氣盛的夜間出沒，黎明一來，必須隱遁，否則魂魄俱散，再不得超生。

所以，嚴格說來，女鬼男鬼，理論上，不應該是個個皆美皆帥的。要看他們原來在人世間，是否是帥哥美女而定。

於是，在民間傳說，或包括《聊齋》在內，之所以講到女鬼就是美，依我看，主要還是考慮到「收視率」、「點閱率」。不美，誰想看啊？

不信，你讓《倩女幽魂》女主角王祖賢，換成諧星吳君如試試看。

不過，女鬼皆美，在一種情況下，例外。

那就是，若是厲鬼，充滿仇怨、報復之恨者，她的美就極可能是一種掩飾，一種欺騙。

美豔，是她吸引人的面具。恐怖，則是當獵物落網後，展現的眞面目。

因而，依我對鬼狐的認識，我認爲狐美，是正常現象。而鬼美，端看運氣。

〈蓮香〉這故事，書生桑曉，眞是他媽媽給他一個好命啊！美鬼，媚狐，都給他碰上了。還，還都死心塌地的愛他呢！

話說，桑書生快要不行了。他親眼見到女鬼李小姐、女狐蓮香，爲他爭風吃醋，但他「殘息如絲」快要不行了。

狐問鬼，怎麼辦？看妳把他搞成這樣！

鬼羞赧，不知如何。

狐繼續酸她，我怕郎君一旦健康恢復了，妳又要吃醋了吧！「醋娘子要食楊梅也。」

女鬼畢竟還是正派：如果能醫好郎君，我自當埋首地下，怎好意思再說三道四呢！

女狐治療書生的過程，非常精采。

她拿出蒐羅許久的藥方。

她要女鬼以唾液當藥引，每放一粒藥丸進書生的嘴裡，女鬼就要用她的口水，幫助書生嚥下藥丸。

你覺得噁心嗎？

我不會。你老婆，你女友的口水，你怕啥？

當著女狐的面，女鬼臉紅了。

女狐繼續酸她，妳平日不就這樣做嗎？現在會不好意思啊！「此平時熟技，今何吝焉？」

這一激，可激出女鬼的戰鬥意志了。

女狐餵書生吃下二粒藥丸，女鬼嘴對嘴，連續幾口唾液助他吞嚥。但見那書生，頓時丹田火熱，精神煥發。女狐喊一聲：「癒矣！」書生逃過一劫。

接下來的靜養期，狐鬼二女，陪侍在側。狐鬼慢慢建立姊妹情誼。

女狐蓮香對女鬼感情日增，竟對書生說了真心話：「窈娜如此，妾見猶憐，何況男子？」

（記得嗎？不久前，她還跟女鬼爭風吃醋呢！）

但，女鬼日漸萎縮，最後羸弱至「其體不盈二尺」，且常昏睡不醒。最後，竟消失不復再現。怎麼撫弄那隻繡花鞋，都不再出現了。

故事發展到這，怎麼再轉折呢？

有趣。

這時，故事出現一位張姓富商。

有一女，叫燕兒。十五歲。突然「不汗而死」，可是夜裡卻復活。

醒來之後，一直要往外跑，嘴裡不斷喊著：我是李通判的女兒，我的男人是桑郎，我是鬼，你們關我幹嘛？我要去找桑郎！

因爲她指名道姓，家人都覺得奇怪，可是細問，她又無法詳加解釋。

死而復甦，醒而發瘋，讓人不知所措。

消息傳到了桑書生那。

桑書生把那隻鞋託人送去張府。燕兒一看到鞋，反應「得之喜」。可是一試穿，卻足足小了一寸多！穿不進去。

燕兒攬鏡自照，恍然大悟，原來已經「借殼上市」了，身體不是原來的身體啊。於是大哭。

張母才相信這女兒不是她女兒，是鬼附身。

有評論說，蒲松齡的《聊齋》有幽默感。

的確，而且常常是「黑色幽默」。

女鬼李小姐「借殼上市」了，但她顯然很不滿意。

她看過鏡子後，大哭，原因是：「當日形貌，頗堪自信，每見蓮姐，猶增慚怍。今反若此，人也不如其鬼也！」

「製造燕兒這身軀」的張媽媽，不知當下反應如何？

女鬼李小姐對自己的美麗是有自信的，不過，碰到美麗的蓮香，硬有被比下去的壓力。卻不知，現在竟然「借殼」在一個「不如鬼」的軀體面貌裡。眞是不如當鬼去吧！（我若是張爸張媽，愛女心切，一定給她一巴掌。但，打的又是愛女燕兒的臉呢，眞尷尬。）

說完後，她還眞「不想當人」，蒙上被子，不吃不喝，一連七日。沒死，可終於餓了，開始吃東西。

怪異現象來了。「數日，遍體搔癢，皮盡脫。」

一天晨起，感覺自己好像變了型，於是試試那繡花鞋，竟然一腳套進去，不大不小，剛剛好。（Cinderella聊齋版！）

燕兒趕忙看鏡子，哇一聲尖叫，她變回女鬼李小姐的形貌啦！（不知張爸張媽，是否也驚叫：哇，我女兒呢，去哪啦？）

總之，燕兒恢復了女鬼李小姐的形體面貌，她既然知道「前生」之鬼事，如何可能過借殼「今生」之別人的生活呢？

作者蒲松齡煞費苦心，營造了一段極爲曲折的過程。好看啊！

蓮香知道這事後，要桑書生找媒人撮合。但貧富懸殊，書生不敢冒進。好不容易，逮到機會，進了張府。燕兒看到他，「捉袂，欲從與俱歸」。但被張媽媽擋住了。畢竟，現在的身分是張家大小姐，隨便跟個男人跑，成何體統！

好不容易，透過安排，決定以「入贅」方式，解決男窮女貴的貧富問題。

但好事多磨啊！

書生回家告訴蓮香，蓮香惆悵說她該離開了。

咦，怎麼回事？不是蓮香要書生找媒人撮合的嗎？

蓮香想得遠，書生太頭腦簡單。

蓮香說：「君行花燭於人家，妾從而往，亦何形顏？」太有道理了。你去給人家入贅，我跟著你去，我算什麼？陪嫁丫鬟嗎？

這下，問傻了笨書生。

書生只好先娶蓮香，再去入贅娶燕兒。

天下有這麼爽的事嗎？

張家老爸當然反對。

不過，燕兒女大不中留，硬是要嫁，老爸能怎樣？

女狐的本領，眞厲害。

桑書生出門迎娶，窮書生嘛，哪有能力講排場。「家中備具，頗甚草草；及歸，則自門達堂，悉以罽毯貼地，百千籠燭，燦列如錦。蓮香扶新婦入青廬。」出門時，家徒四壁。回家時，紅燭地毯，喜氣洋洋。新娘還有人攙扶入屋內，多有面子啊！

這女狐蓮香，該不該愛她一萬年？客廳廚房臥房，她都一流。

女鬼女狐再次相見，說不完姊妹心底話。

女狐終究不是女鬼，不解，到底怎樣「還魂」呢？

燕兒的詳述，是第一手爆料。

她回憶：「爾日抑鬱無聊，徒以身爲異物，自慚形穢。」那時很鬱悶啊，總覺得自己像個怪物，很自卑很無趣。

「別後憒不歸墓，隨風漾泊。每見生人則羨之。晝憑草木，夜則信足浮沉。」多淒涼啊！她也不回她的墓穴，隨風四處飄盪。看到活生生的人，就很羨慕。白天躲在草木中，夜裡則隨著腳步走到哪算到哪。慘啊，鬼也可以很無人生目標啊。「偶至張家，見少女臥床上，近附之，未知遂能活也。」很偶然的，到了張家，看到燕兒躺在床上，我就給她貼上去，沒想到，竟然活了！

最後那段，「近附之」，眞像香港鬼片演的鬼附身畫面，不是嗎？

但，蓮香聽了，卻突然若有所思，沉默起來。（這是伏筆哦！）

兩個月後，蓮香生了兒子，卻產後暴病，情況愈來愈糟糕。

她握著燕兒的手託孤，要她幫忙照顧兒子。

燕兒，桑書生，哭成一團。

蓮香卻說了一段豪氣干雲的話：「勿爾！子樂生，我樂死。如有緣，十年後可復得見。」

說完，便瞑目了。準備入殮時，屍體竟幻化爲狐。

桑書生感念她，予以厚葬。

蓮香的兒子，取名狐兒。燕兒待他如己出。每年清明，一定抱他上墳，悼念生母。

這樣一晃數年。桑書生，考上舉人，家境好轉。他們沒再添加兒女。

有一天，婢女喊著，門外有老婦人，要賣女兒。

燕兒讓她們進屋內，看到女孩大爲震驚：妳不是蓮姐嗎？

桑書生一看，「眞似，亦駭」。

這女孩十四歲了。

他們買下這對老嫗少女。

燕兒問她，認識我嗎？

女孩搖頭。

燕兒算算蓮香過世剛好十有四載。「又審視女，儀容態度，無一不神肖者。」

應該就是蓮香啊！

燕兒自己是「借殼上市」的過來人，當機立斷，拍拍女孩的頸背，喊著：「蓮姐，蓮姐！十年相見之約，當不欺吾。」

這女孩像大夢初醒，喊了聲「咦！」便認出燕兒。女孩哭著說，一出生，便能講話，家人認爲不祥，讓她喝了狗血，從此不記得以前的事。直到今天，才淸醒過來。說著，大家又哭成一團。

於是，燕兒提議，讓女鬼李小姐、女狐蓮香，合葬在一起，「妾與蓮姐兩世情好，不忍相離，宜令白骨同穴」。

這故事，神奇吧！

人鬼狐，三人行，除了窮書生從頭演到尾，其他的兩位女主角，都有轉世投胎，附身他人的曲折離奇。

人鬼狐，三人行，卻演變成兩世，五個角色的交錯。眞佩服蒲松齡的說故事本領。但，蒲松齡卻早知你一定會說這故事編得好。於是，他在結尾處，附帶一筆：有人寫了一萬多字的〈桑生傳〉，他讀過了，於是重新敍述個大概，等於做筆記留下來。

實有其人其事？還是，別人也是杜撰？

無所謂吧！

料應厭作人間語，愛聽秋墳鬼唱詩。

窮書生，有媚狐有美鬼，送上門來愛他，這才是重點嘛！

這還不打緊，最終，女鬼女狐，又都附身投胎，成爲十四五歲的美少女，繼續愛上桑書生。

這像話嗎？

他一個人，占了兩世，四個美女的配額，他憑什麼？

賈寶玉靠大富大貴，俊帥花美男。西門慶靠花言巧語，銀托子性愛持久。

這，桑書生，除了窮，還有什麼？

我眞是不服，不服，不服啊。

8

蒲松齡的〈畫皮〉，警惕了男人，要家有賢妻，才有死裡逃生的一線生機！

〈畫皮〉，蒲松齡極膾炙人口的短篇。

被改編成影視題材，次數多到，大概也是《聊齋誌異》之最。題材有趣，情節聳動，嘲諷現實人生，角色不多卻個個活跳跳。看過後，很難不令人印象深刻。

一個披著動人身軀的厲鬼，一個色迷迷引鬼入室的男人，一個爲了搶救「惱公」不惜一切的太座，一個心地善良卻白目差點害事的道士，一個看起來很噁心卻隱於市塵的高人，組成了〈畫皮〉的五角關係。

大導演胡金銓拍過《畫皮》，但從片名可知，「陰陽法王」如何降魔，是他重點。周迅演過

《畫皮》，但女人（妾）與女人（大房）的較勁，是核心。不意外，美女過招，總是好看。

可是原著的〈畫皮〉，卻以男主角王生遭劫死亡，劃分爲上下兩段情節，那上半場，獰鬼是女主角，而下半場，則突出了大老婆的角色，且發展出大老婆救惱公的高潮戲碼。

而明清兩朝，道教的影響力，也在〈畫皮〉裡，透過道士、高人被描述得十分精采。

故事開始，一樣，男人遇到美貌單身女子，總是會「犯了男人都會犯的錯」，硬是經不起誘惑。

太原人王生，某日路上獨行。遇到一位女子，抱著行李，辛苦踉蹌。

王生好奇，追隨她，細看，哇，二八姝麗，心念動了。

問美女：「何夙夜踽踽獨行？」

女生沒好氣地回他，「趕路就趕路，你也幫不了我，幹嘛問？」（我說美女，妳未免也太單純了，人家就是要把妳啊！這也不知道？）

碰釘子，男生毫不氣餒，繼續追問。

女子黯然：「父母貪賂，鬻妾朱門，嫡妒甚，朝詈而夕楚辱之，所弗堪也，將遠遁耳。」

（父母貪財，把女兒賣給大戶當小妾。偏偏大房猜忌，有事沒事一天三餐罵啊打啊的，受不了，要逃走啦！）

去哪呢？
不知。
我家剛好不遠，先去我那吧？
眞的，怎麼好意思呢？
不會，眞的。
那好，走吧！

通俗小說，暢銷電影，都是這樣進展的。
也是，不然故事怎麼走下去？
王生帶女子進到屋內。
女子好奇，家裡沒人？

原來這裡是「齋房」。

女子要求，暫住這裡沒問題，但千萬保密。

男子色迷迷，什麼不會答應呢？於是好好好，便好到床上了。

但家有太座的男人嘛，愈想愈不對勁。不跟老婆報備，將來穩死無疑。於是「生微告妻。妻陳，疑爲大家媵妾，勸遣之，生不聽」。這位陳姓太座聰明多了，合理猜測，這來路不明女子是大戶人家的陪嫁小妾。留她，怕遭麻煩。但惱公不聽，不了了之。

多日後，王生在街市裡，遇到道士。道士攔住他，說他氣色差，問他碰到什麼奇怪的事嗎？

王生搖頭。

道士再三端詳，「君身邪氣縈繞，何言無？」（滿身邪氣，還說沒？）

王生堅持沒事。

道士搖搖頭離開，「惑哉！世固有死將臨而不悟者！」

道士言之鑿鑿。王生雖不信也有點起疑，「頗疑女。轉思明明動人，何至爲妖，意道士借魘禳以獵食者」。

這段有趣了。王生怎麼會不起疑呢？天下哪有這麼好的掉在你面前的美女？但，想想，她這麼美豔動人，怎麼會是妖是怪呢？這道士八成胡說，要嚇我要騙我錢！男人精蟲上腦，分析事情，並不理性吧！妖怪醜了，能騙你蒙你嗎？

好。道士走了。沒事，他回齋房了。

奇怪，怎麼大房內鎖。推不開，於是，爬牆進入。

奇怪，怎麼房間門也緊緊內鎖！

他「躡迹而窗窺之，見一獰鬼，面翠色，齒巉巉如鋸」。

哇，見鬼啦！綠巨人，噢不，綠色鬼，牙齒鋒利，嚇死人。

還沒完，還沒完。可怕的在後面，更噁心。

那綠鬼「鋪人皮於榻上，執采筆而繪之；已而擲筆，舉皮，如振衣狀，披於身，遂化爲女子」。那綠鬼，還，還，還化妝呢！

只是她化妝的不是一張美美的臉，是一張人皮。化完妝，還抖一抖人皮，像我們抖一抖衣服外套一樣，再穿上身。

不只可怖，還更噁心。

你替王生想想，他這一陣子，每天有事沒事，便來齋房，不吃齋不念佛，只做那愛做的事，多愜意啊，平空多出一位美女。但，現在謎底揭曉，她竟然是「披著羊皮的狼」！啊，更糟糕，是「披著美人皮的獰鬼」！光是想到自己每晚抱的美人是這模樣，他應該要吐上好幾天吧。

但此刻，要忍住。不然命都不保。

王生睹此狀「大懼，獸伏而出」。

蒲松齡眞會修辭。

鬼像捕獵者，恐懼的王生，像獵物，乃戰戰兢兢，如兔子一般匍伏溜出去。

去哪？當然找道士啊！不然咧？

找到道士，詳述所見，嚇得跪在地上，拚命求救。

道士給他一柄蠅拂，要王生掛在寢室門口。說自己也有好生之德，如果妖怪肯走，就放她一條生路。

王生這時不再色膽包天了，回家連齋房都不敢再進去，躲在內室裡，把蠅拂掛上。

一更時，門外震震作響。這王生可眞是膽小，不敢看，要太座去偷偷看一下。

那女子，（當然是上了妝的，噢，穿上人皮的）看見蠅拂不敢靠近。徘徊幾次後，離去，但不久又回返。（似乎鐵了心）她罵道：「道士嚇我，終不然，寧入口而吐之耶！」（你這道士想嚇唬我！老娘我是吃素長大的嗎？我會把到口的肥肉再吐出來嗎？）

於是一手拿下蠅拂把它摔裂，一腳踹開寢室門，把躲在床上的王生，擺平，「裂生腹，掬生心而去」。剖開王生肚子，挖出心臟，囂張離開。

畫面緊湊，節奏快速。寫得多震撼！

王生一死，太座隔日大早託弟弟二郎去找道士。

道士生氣了。想饒鬼一命，不料卻換來王生送命。

道士帶著裝備，來到王宅。

四處看看，說鬼還在附近。

掐指一算，在南院。二郎嚇一跳，我家嗎？

道士說，你家就是她家。

趕忙趕去，果然鬼已化身爲一老嫗，要在他家幫傭。

道士全身道袍，一手提木劍，口中念念有詞。

那老媼也不怕，奪門而出。

道士舉劍刺之，老媼仆倒。「人皮劃然而脫；化爲厲鬼，臥嗥如豬。」原來鬼慘叫，像豬臨死的嚎叫。

道士「以木劍梟其首（砍她的頭），身變作濃煙，匝地作堆（落地成灰堆）。道士出一葫蘆，拔其塞，置煙中，飀飀然如口吸氣，瞬息煙盡。道士塞口入囊。」看來跟西方吸血鬼不太一樣，東方厲鬼非砍頭不可。但也跟好萊塢電影《魔鬼剋星》（*Ghostbusters*）差不多，一定要把鬼收納關閉起來。

《魔鬼剋星》用的是現代科技，咱們老祖宗可神了，用作了法的葫蘆卽可。

妖被斷頭，魂魄則禁閉了。

這時，道士看看留下的人皮，「眉目手足，無不具備」。眞是高明啊！阿湯哥（湯姆．克魯斯）的《不可能的任務》，也只能做到3D複製人臉的地步，哪能跟〈畫皮〉裡的厲鬼比，人家可是從臉到腳，無一不具備啊！可惜，道士沒在鬼死前，嚴刑逼供，套出製作人皮的流程，讓它失傳，眞是可惜，可惜。

厲鬼收是收了，但王生不能復活啊。

太座嚎啕大哭，要道士幫忙。

道士說他只能收妖，不能讓人復活。但他指點一線生機。去找一位街市上瘋瘋癲癲，「時臥糞土中」的高人。他個性怪異，道士要陳婦無論遭遇怎樣的羞辱，都要忍耐。

陳婦一見那瘋子，可噁心了，「鼻涕三尺，穢不可近」。

陳婦一路跪行，畢恭畢敬。

瘋子一看大笑：「佳人愛我乎？」不然妳幹嘛下跪。

陳婦忍住惡臭，詳述了來龍去脈。

瘋子說：「人盡夫也，活之爲何？」天下男人何其多，幹嘛要讓爛惱公復活呢？

陳婦苦苦哀求。

瘋子繼續嘲笑她，還拿手杖打她，婦人全忍下了。

這時，四周圍觀的人愈來愈多。（如果是現在，肯定有人線上直播！）

這瘋子，連吐幾口痰在手掌心，要婦人當衆吃下。

婦人整個臉都漲紅了，噁心啊噁心！但道士已經提醒了，要忍耐要忍耐，誰叫妳要救惱公啊。

婦人閉上眼睛，吞下那堆噁心巴啦的痰。你以爲總會有反高潮，好人有好報。那痰一入口，滋味會像徐若瑄代言的燕窩，十分可口。錯，那婦人吞下「覺入喉中，硬如團絮，格格而下，終結胸間」。噁心啊，吞不下去，梗在胸口。

瘋子大笑，「佳人愛我哉」，「佳人愛我哉」。然後就走了。陳婦一路追，追丟了，只得倍受屈辱地回家了。

回到家，看到惱公的屍體，想到自己當衆被羞辱，吞下噁心的痰，愈想愈難過，又是一頓嚎啕大哭。

無奈啊，婦人也只好幫屍首不全的惱公，整理遺體。肚子剖開，腸子外溢，婦人雖愛這男人，亦不免被畫面震撼，突然感覺作嘔，「覺鬲中結物（就是之前吞下痰時卡在胸口的感覺），突奔而出，不及回首，已落腔中，驚而視之，乃人心也。在腔中突突猶躍，熱氣騰蒸如煙然。大異之。急以兩手合腔，極力抱擠（完全不用針線縫合，厲害吧！），少懈，則氣氤氳自縫中出。乃裂繒帛急束之。以手撫屍，漸溫。覆以衾裯。中夜啓視，有鼻息矣。天明，竟活。爲言：『恍惚若夢，但覺腹隱痛耳。』視破處，痂結如錢，（傷口只有一枚銅錢大小，簡直比當代微型手術提早三百多年以上！）尋癒」。

故事，結束。

眞的，就這樣結束了。

蒲松齡寫〈畫皮〉驚悚則驚悚矣，但後代學者都說他是批判男人隨意納妾的風氣。

看來也是，妾靠什麼得寵？當然外貌居多。

但，太座雖徐娘半老，卻依舊是家庭的重心。

當妖妾以美貌毀壞一個家庭時，往往要靠賢妻以無比的愛與毅力，來拯救這個家。

這就是《聊齋》的寓意。

蒲松齡以妻賢、妾妖做對比，來呼應他對男人見色忘情的批判，足見他還是很超越時代的。

我唯一對他不滿的是，他怎麼能一再暗示「妻賢」就不美呢？

我不能同意。
看看我們四周的朋友，哪個不是對太座的美五體投地？
哪裡有妖妾魔女，見縫插針的空隙呢？
我說，蒲松齡先生，您說是不是呢？

9

道士，道士，有道是排憂解難，立於人鬼狐妖之間，他們是好人，還是壞人呢？——從燕赤霞到一眉道人

《聊齋》裡，不少道士身影。

不難理解。

鬼狐妖魔那麼多，並非個個善心。一旦發生問題，總要有可以解決問題的人，道士於焉出現。

從〈聶小倩〉改編電影的《倩女幽魂》，那位俠客燕赤霞屬於「修道之人」。他算不算道士？

廣義來說，算。

他在電影中，對付樹妖佬佬、黑山老爺的奇門遁甲術，都是道士修煉的功夫。只不過，他並未穿上傳統的道袍而已。

這就牽涉到道士的兩大分流。

一支必須長居道觀，戒律甚嚴，戒色茹素，衣著道袍，頭頂髮髻。日常工作，是講經說法，靜坐修煉。

另一支，則可居家，設壇，可結婚生子，髮型一般，除了齋戒期，平日未必吃素。稱火居道士。

但不管哪一支，都肩負降妖服魔抓鬼的職責。

於是，他們是有法力法術，有身手功夫的。

因爲要對付的並非人類。

道士作法，也要「工欲善其事，必先利其器」。

〈畫皮〉裡，道士持木劍，握蠅拂，典型的道士配備。

蠅拂，顧名可思其義，用來揮趕蒼蠅蚊蟲的。另外也稱之爲拂塵，是拂去塵埃之用。

從驅趕蠅蚊，拂拭塵埃的定義，進而推進到驅趕妖魔鬼怪，是很合理的意義延伸。當然，必須要附加上「法力」才有用啊。

別小看這蠅拂，可非一般貨色啊。

材質都是馬尾，甚至狐狸毛。木柄部分，講究的，是上等木材，更講究排場的，還有玳瑁、犀角、白玉等製成。

宗教一如俗世，要完全超脫世俗、物欲，談何容易。

木劍，是道士驅魔趕鬼除妖，必備武器。

道士佩劍，始自道教創立之初。武俠小說裡，全真教，全真七子所布的劍陣，劍法綿密鋪陳，七支劍彼此穿插搭配，很少高手能逃過這劍陣的聯手進擊。這就是道士用劍最通俗的演繹。

《倩女幽魂》裡，燕赤霞也是一把劍，舞得天旋地轉，天道地道胡說八道。說明了，他除了俠客身分，亦兼具道士用劍的風格。

道士用劍，一則強身，一則保身，一則除妖。

古代修煉，強調內外兼修。道家要求道士佩劍，不會只是好看。平日練劍，強健體魄。出門雲遊，佩劍在側，可以防身，可以路見不平。一旦遇到妖魔鬼怪，附加法力的佩劍，尤可降妖斬魔！

鋒利的劍，固然好用。可是，遇上難纏的妖魔鬼怪，未必好用，於是，木劍有了法力無邊，更甚於銅鐵的功用。

〈畫皮〉裡，道士仗劍站立庭中，吆喝厲鬼現身，架勢十足。

他手中的木劍，何以可讓他豪氣干雲，無所畏懼？

這是有學問的。

木劍是法器，不是隨隨便便一把木劍，就能充數。

香港演員林正英演驅魔道士一把罩。他扮演的「一眉道士」，外表肅穆，實則心軟，師道尊嚴，卻偶爾也會開小差，十分討喜。

他驅趕殭屍、女鬼的法器，經常是木劍。

木劍不需長，多半由棗木，或桃花木製成。

可也不是隨隨便便的棗木、桃花木哦。

必須是被雷劈過的棗木、桃花木。

厲害吧！被雷劈過的樹，不少但也不算多，可是，必須是被雷劈過的棗木、桃花木，就未必易尋了。

這又跟道教的觀點有關。

道教是相信雷神的。（哦，西方雷神索爾，東方雷公大神）道教認爲雷神替天行道，專劈不公不義之人。（害我小時候，漫天烏雲打雷時，都嚇得半死，因爲我那客家老娘有事沒事就說不孝順不聽話的小孩會被雷公劈死！）

所以呢，被雷劈中的桃花木、棗木，有福了。

它們大難不死，必有後福。它們要被做成一把又一把的木劍法器，跟著大師，驅魔降妖啦！這就是爲何電影《暫時停止呼吸》裡，殭屍天不怕地不怕，連現代火器子彈都不怕，偏偏就怕那木劍一劍穿心。因爲，那柄木劍可是雷神下降過法力的啊。

好，聰明的讀者不免要問，既然木劍法器這麼厲害，怎麼知道它是眞貨，還是贋品？

我有備而來的，不怕，我教你。

故弄玄虛的，會唬你：神器啊！木劍木頭做的，理應浮在水上，唯有神器，沉於水底。

而且，更玄的，是木劍置放於水盆內，測試它是否是神器時，眞的神器還會不斷旋轉，旋轉，直到沉沒。

爲何？神器嘛！

其實，有科學解釋的。

棗木、桃花木被雷劈後，高溫高熱，樹內水分迅速蒸發，激烈程度有的會產生爆裂，導致樹身折斷。因爲樹的內部，水分蒸發，空隙變大。這時，你把被雷劈的棗木、桃花木製成的木劍，放於水中，想想看，很簡單的物理原則，空隙大，吸水力強，且分布不均，於是木劍吸水過程會自然旋轉，直到吸飽水分而沉下。

玄嗎？不懂原理，就玄。懂了，就會「哦」一聲，原來如此！

道士何以用劍，何以用木劍，現在知道了吧！

道士，降魔伏妖，法力無邊，他們都是好人嗎？

這問題好問題。

警察都是好人嗎？

法官都是好人嗎？

或者，好人都是「好人」嗎？

壞人都是「壞人」嗎？

蒲松齡因爲一生科場無望，雖然心中忿忿不平，（他若沒有抱怨，就不會把窮書生寫得那樣左擁右抱，齊人之福啦！）但他一定也由於自己的際遇，因而能看透世俗標準的虛矯。

考上科舉，當官的，空有其表有之，貪贓枉法有之，虛應故事有之。反而，鄉野奇譚裡，充斥著有恩報恩、有仇報仇的快意人生。

所以，你若有機會，在時空旅行中，巧遇這位窮書生，不妨問問他：道士，爲我們解決人鬼狐妖之間的是是非非，他們是好人嗎？

我認爲蒲松齡給的答案，會很有趣。法力，跟道德無關。

道士，跟好人壞人，無關。
總有正義感的道士，也必有邪門歪道的道士。
人生嘛，不是嗎？
〈畫皮〉裡的道士，有憐憫厲鬼之心，卻害死王生。但他手刃厲鬼時，手起刀落，乾淨俐落。
〈嶗山道士〉、〈道士〉這兩篇，刻畫的道士，則與替天行道，與人消災無關。純粹是描述他們的法力，介於魔法與幻術之間。
王生，少慕道，到嶗山拜道士學藝。
道士怕他不能吃苦，王生拚命保證可以。
道士要他「隨衆採樵」（柴火大隊），一採就是一個多月，手腳都長繭了，苦不堪言，很想不幹了。但某天黃昏，他回道觀時，看見道士與兩人飲酒，天色漸暗，道士隨手「翦紙如鏡」，貼在牆上，頓時月光明亮。
過一會，聚衆愈多，其中一位客人，想請大夥喝酒，取了桌案上的酒壺，爲大夥倒酒。你一杯他一杯，杯杯相連，這王生心想，一壺酒能倒多少杯呢？卻不料，這酒壺取之不盡，用之不竭似的，王生大爲驚訝。（像魔術師在帽子裡拿東西，拿不完似的。）

接下來，更扯。

另一客人說，這樣喝太無趣，何不請嫦娥來作陪？

於是，舉起筷子，擲向月亮。霎時間，「見一美人，自光中出。初不盈尺；至地，遂與人等。纖腰秀項，翩翩作霓裳舞」。

是魔術？是幻術？人從紙月亮中出來，由小漸大，身材婀娜，還會跳舞唱歌。但歌舞一結束，瞬間跳上桌上，又幻化成筷子。

很神吧！當然唬得已有歸心的王生，決定再當柴火大隊，再忍耐一陣子吧！

可是又過了一個月，仍然看不出有從小聯盟升級到大聯盟的樣子，他真的失望了。

他跟道士辭行。道士心知肚明他吃不了苦，亦不留他。

王生懇求道士，「略授小技，此來爲不負也」。（教我一兩招嘛，別讓我白來一趟！）

道士答應，他便要求學道士的「穿牆術」。

道士教他口訣。要他默記後，照樣念咒，穿牆。但王生，走到牆前，卻害怕停住了。

道士要他再試。他這次膽子大些，但卻撞到牆。

道士要他抬頭挺胸，不要猶豫，快步衝向牆面。

他鼓起勇氣，「去牆數步，奔而入；及牆，虛若無物；回視，果在牆外矣」。穿過去了！

王生大喜，拜別道士。

回到家，當然趕緊獻寶。太座心想你出去瘋幾個月就算了，還來唬我！不信。

王生便有樣學樣，「去牆數尺，奔而入，頭觸硬壁，驀然而踣。（撞牆而倒）妻扶視之，額上墳起，如巨卵焉。妻揶揄之，王慚忿，罵老道士之無良而已。」穿不過牆，撞得稀哩嘩啦，他當然痛罵居心不良的老道士。

在〈道士〉這一篇，韓生好客，鄰居徐氏常來喝酒。

某天來了個道士，寄居在村東的破廟裡。聽聞韓生好客，特來討酒喝。韓生歡迎他，孰料，之後他竟常常來。

次數多到連韓生也感覺怪怪，你不是道士嗎？怎麼這麼能喝啊！

終於有一天，他們拗到道士做東請客。

道士邀請他們到村東破廟。

韓生、徐氏滿腹狐疑的走到破廟，卻看見煥然一新的建築。道士解釋，剛剛整修完畢。進到室內，「陳設華麗，世家所無」。人很現實吧！兩位客人，立馬肅然起敬。接著，好酒，美食，一一上桌，賓主喝得你泥中有我我泥中有你。

這時，道士喊了：「喚石家姊妹來。」

不一會，來了兩位美女「一細長，如弱柳；一身短，齒最稚；媚曼雙絕」。

雙姝又唱又跳，又拍板而歌，又和以洞簫。

這時，道士竟摟著姊姊上床，要妹妹幫忙抓癢。

韓生、徐氏忍不住了，衝向前，喊：「道士不得無禮！」道士起身遠遁。

徐氏抱著妹妹，拉到另一張床上。

躺在床上的姊姊，對韓生拋媚眼，「君何太迂？」（你未免太正經八百了吧！帥哥。）

男人哪個能被挑逗而無動於衷的？（除了敝人在下我！）

韓生立馬上前，抱著美女，開心入睡。

但，他們爽嗎？開心嗎？

韓生「天明，酒夢俱醒（這句多好！酒醒夢醒。）覺懷中冷物冰人；視之，則抱長石臥青階下。急視徐，徐尚未醒，見其枕遺屙之石，酣寢敗廁中（枕頭掉在屙屎的石頭旁，人則睡在破廁所中）。蹵起，互相駭異。四顧，則一庭荒草，兩間破屋而已」。

現在，知道「石家姊妹」的來歷了吧，兩塊石頭！

還好，前一晚，道士沒說：「叫那『史家』姊妹來坐台吧！」

否則，搞不好「屎得」更慘！

這樣的道士，你說，是壞是好呢？

他們的魔法，是魔術，是幻術呢？

你若不貪，何必在乎。

我還是覺得「史上最佳道士」，無疑是林正英演的一眉道人。

10

小姨子總是很誘人嗎？蒲松齡在〈嬌娜〉篇到底想說什麼呢？——孔生與小姨子的曖昧情懷

鬼，能害人，亦能救人。〈聶小倩〉裡，小倩如是。

狐，能誘人，亦能助人。〈蓮香〉裡，蓮香是也。

人呢？

手無縛雞之力的書生，身懷絕技的俠客，一旦跟鬼狐妖扯上關聯，一旦「人生自是有情癡，此恨非關風與月」，其實，多半情況下，也會投桃報李，全力以赴，回報恩情的。

蒲松齡經營出的《聊齋》異想世界，這種「有情（友情）天地」，充滿溫馨。這也是《聊齋誌異》超脫一般鬼狐妖魔傳說，進入「擬人化」理想境界的作者寓意。

〈嬌娜〉是一篇動人的故事。人狐友情、愛情，最終，人挺身而出，爲狐捨命陪君子。孔生，是孔子後裔，工詩。家境不怎麼好。好友當了官，請他去做幕僚。不料，孔生到的時候，好友竟病卒。

他進退兩難，只好先「寓菩陀寺，傭爲寺僧抄錄」。一介書生只能幹這文書處理。

寺廟西邊，一座空著的豪宅，是單先生宅第，因爲官司訴訟蕭條了，舉家暫時移居他處。一天，孔生經過單宅，遇見一少年，「丰采甚都」，兩人交談，一見如故。少年邀請孔生入宅內。裡頭多古人書畫，很多書都是孔生沒見過的。孔生心想，這少年八成是單宅的人，也就不以爲意。

少年稱讚孔生學問，問他怎麼不收學生呢？

孔生的回答，是漂亮的文言文，有典有故：「羈旅之人，誰作曹丘者？」我是個飄浪的旅人，誰肯推薦我啊？曹丘是誰？楚漢相爭年代，名將季布，便是靠曹丘爲他打開知名度的。依現在的「網紅概念」，就是季布因爲網紅曹丘大力推薦，才爆得大名。

少年懂了，立馬毛遂自薦，要當孔生的學生。

兩人聊著，孔生才知道，少年姓皇甫，只是暫借單宅。

從此兩人亦師亦友亦兄弟，同榻而眠。

某日，突然來一老叟，是少年的父親，感謝孔生教導少年，致贈了許多禮物。

但少年公子，「呈課業，類皆古文詞，並無時藝。（文章修辭都像古文，跟時下文藝風很不一樣。）問之，笑云：僕不求進取也」。（說不定這句話，是蒲松齡自己的心聲啊。）

當晚，少年語帶玄機的，跟孔生說：「今夕盡懽，明日便不許矣。」

於是杯酒盡歡，還招來一婢女，名「香奴」，「紅妝豔絕」，彈琵琶助興。一整晚，孔生視線沒離開她，「一夕，酒酣氣熱，目注之」。

少年公子怎會不知道，斷然掃他興呢！

「此婢爲老父所豢養。（我老爸的女人，你別肖想啦！）兄曠邈無家，我夙夜代籌久矣。行當爲君謀一佳耦。（放心，我會爲你再找一位佳偶的。）」

孔生回，要找也要香奴這等級的。

果然是沒見過世面的書生。

少年笑了：「君誠『少所見而多所怪』者矣。以此爲佳，君願易足也。」（是不是？沒見過世面嘛！）

後來，書生突然溽暑生病。

胸口長了一粒腫瘤，開始像桃子大小，一夜之後，腫脹成盌（像碗一樣大），痛苦不堪。

拖了幾天，束手無策。

少年找了嬌娜姑娘，來救治孔生。

這嬌娜應該是「正妹醫生」無誤。痛得哇哇叫的孔生，見她「嬌波流慧，細柳生姿」，立刻見色忘痛，精神爲之一振。

少年要嬌娜全心治療孔生，因爲「此兄良友，不啻胞也（他是我兄弟）」。

嬌娜捲起袖子，爲孔生看診了。

你現在可以理解爲何「正妹醫生」門診總看不完。「把握之間，覺芳氣勝蘭。」正妹醫生靠近你，把脈問診，吐氣如蘭，香水味沁入你心，你還病嗎？早好了一大半啦！

這位嬌娜，顯然是「外科正妹名醫」。她笑說，症狀危險，但還可以救，不過要動外科切除手術。

怎麼動手術呢？

這段精采，華佗再生，未必比她高明。

她不消毒，不麻醉，不給病人戴氧氣罩。

她只是「乃脫臂上金釧安患處，徐徐按下之」。（把手臂上的手環脫下，放在腫瘤處，慢慢壓慢慢壓，很可能嘴巴還甜甜地鼓舞孔生，別怕哦，不會痛的，別怕！）

然後，「創突起寸許，高出釧外，而根際餘腫，盡束在內，不似前如盌闊矣」。（手環壓住腫瘤，緊緊裹住腫瘤。）

然後，動刀了，「乃一手啓羅衿，解佩刀（眞有刀啊！）刃薄於紙（這很科學，手術刀就這麼薄而鋒利），把釧握刃，輕輕附根而割。紫血流溢，沾染床席（這位正妹外科醫生，經驗一定豐富，既不怕見血，又出手快狠準。有台大外科的水準！）」。

孔生呢？既然沒被麻醉，當然是醒著看完手術過程。

問他痛嗎？可怕嗎？

他傻傻搖頭，怎麼會呢？「貪近嬌姿，不惟不覺其苦，且恐速竣割事，偎傍不久。」能這麼靠近「正妹醫生」，不但不覺得痛，還很憂慮手術過程太短太快，一下子就要離開正妹醫生啦！再多切一刀吧！

割下來的腫瘤，像樹上切下來的樹瘤一般，當然很噁心。

正妹的治療還沒結束。外科切除，告一段落。接下來，是傷口消炎，內科服藥。

嬌娜叫來清水，洗滌傷口。然後，「口吐紅丸，如彈大，著肉上，按令旋轉；（這正妹還有隔空取藥的本領。把藥丸在傷口處，反覆旋轉。）才一周，覺熱火蒸騰；再一周，習習作痒（作癢）；三周已，遍體清涼，沁入骨髓」。

嬌娜把藥丸再吞如咽喉。（沒消毒耶！正妹不怕？這可好，藥丸可以重複使用，攜帶方便。要用，吐出；用完，吞下。也不用排隊領藥，也不用攜帶藥箱，這好！不知失傳沒？）

孔生病好了。但美女醫生，離開了。

孔生病好，卻鬱鬱寡歡，想念美女醫生。

少年公子又提起，要爲他物色美女的事。（奇怪，怎麼光說不練呢？）

孔生含蓄地吟詩一首：「曾經滄海難爲水，除卻巫山不是雲。」

連我這國學普普的人，都知道孔生要幹嘛，何況少年公子。

他解釋，嬌娜是我妹妹，太年輕，才十三四歲，不適合你。但有另外一位姨女阿松，十八姑娘一朵花，很美，騙你我會死，眞的適合你！

孔生被唬多次，不信。少年這回安排嬌娜與阿松一塊出場。這伎倆，數百年來，屢試不爽。

「嬌娜偕麗人來，畫黛彎蛾，蓮鉤蹴鳳，與嬌娜相伯仲也。生大悅。」是不是？少年說得對，孔生眞是沒見過世面，見一個美女，就來一次驚爲天人！不過，看來這阿松，名字雖俗，美應該是美的。

兩情相悅，天作之合，過幸福日子啦。

但目前爲止，這故事完全沒有高潮！這像話嗎？

好了，少年公子有一日突然宣布，舉家西遷，要與孔生分手。勸孔生帶妻子阿松回故鄉，孔生爲難，盤纏不夠，少年笑笑，一切包在他身上，他贈黃金百兩，要孔生與阿松各握其左右手，「囑閉眸勿視，飄然履空，但覺耳際風鳴。久之曰：『至矣。』啓目，果見故里。始知公子非人。」比電影《鋼鐵人》凌空飛行還酷，至少不需要飛行輔助器。也比《超人》酷，不用換裝。

回到故鄉，婆媳相處甚歡。阿松的美貌，聲聞遐邇。還替孔家生了個男孩，叫小宦。

數年後，當了官又被罷官的孔生，在野外打獵，碰到一位美少年，仔細看看，竟是皇甫公子！兩人乍見，悲喜交至。公子邀請孔生到他的新家。依舊排場大，世家的氣派。

幾年分合，嬌娜已嫁，岳母已故。

有意思的是，孔生帶妻子兒子再來拜訪時，嬌娜也來了，看到孔生的兒子，抱起來逗弄，說了句可堪玩味的話：「姊姊亂吾種矣。」（?!你懂她的言外之意嗎？）

孔生拜謝她昔日救命之恩。嬌娜又說了句挑逗的話：「姊夫貴矣。創口已合，未忘痛耶？」這時，恰好嬌娜的丈夫也來拜訪，大家一陣敍舊，暫且不表。

一日，突然少年公子面帶憂容，問孔生，若天降凶殃，你能相救嗎？

孔生一口答應。少年叫全家人聚集，跪在孔生面前，孔生大駭，不知發生何事？

少年才說：「余非人類，狐也。今有雷霆之劫。君肯以身赴難，一門可望生全；不然，請抱子而行，無相累。」少年全家都跪在面前，換成你，這時能支支吾吾嗎？

孔生豪氣干雲，「矢共生死」。少年教他仗劍於門口，告訴他「雷霆轟擊，勿動也」！

果然，不一會，「陰雲晝暝，昏黑如磬（昏天黑地起來）」。回頭一看，剛剛的大宅不見了！只見高突的山丘，無底的巨穴。孔生還在錯愕中，突然霹靂一聲，天搖地動，風雨交加，老樹連根拔起。孔生一下子目眩耳聾，但仍堅守陣地，屹立不動。

這時「見一鬼物，利喙長爪，自穴攫一人出，隨煙直上。瞥睹衣履，念似嬌娜。乃急躍離地，以劍擊之，隨手墜落。忽而崩雷暴裂，生仆，遂斃。少間，晴霽，嬌娜已能自蘇。見生死於旁，大哭曰：『孔郎爲我而死，我何生矣！』」孔生還眞是勇敢。一瞬之間，毫不畏縮猶豫，直撲鬼物。犧牲自己，救回嬌娜。

但這個地方，始終有一個跟前面嬌娜挑逗姊夫的段落，前後呼應。

孔生，是無論誰被鬼物抓住，都會犧牲自己？還是因爲他「睹衣履，念似嬌娜」，才奮不顧身？

這問題，有趣吧？

這姊夫跟小姨子，搞曖昧?!

這時，松娘出場，要帶孔生的遺體回家。（宣示主權，這男人死了也歸我管。）

嬌娜是名醫啊！怎能輕易放棄？

她要松娘扶住孔生的頭顱，她哥哥，即少年公子，以金簪撥開孔生牙齒，嬌娜自己則掰開孔生的嘴，「以舌度紅丸入，又接吻而呵之。紅丸隨氣入喉，格格作響。移時，醒然而蘇。見眷口滿前，恍如夢寤」。（你不覺得蒲松齡這段很曖昧，很情色嗎？雖然，是救命於旦夕之間。）

醒來無事的孔生，建議此地不宜久留。乾脆大家一起回他家，住在一塊。唯有嬌娜不太願意。孔生建議妹夫一塊來，但嬌娜還是顧慮婆家不願幼子離家。

恰在此刻，噩耗傳來，吳郎一家，也在同日遭劫，全家無一倖存。

怎麼辦？

只好大夥兒擠一擠，共聚一堂。時間，是最好的傷痛黏著劑。不是嗎？

故事結束。

蒲松齡留下兩個線索，讓我們推敲。

一，阿松生的兒子小宦，貌韶秀，有狐意，人皆知他是狐兒。似乎社會並不排斥。蒲松齡是衷心希望，人狐共和國嗎？

二，他刻意在嬌娜與孔生間，創造出「妳救我命，我還妳命」的關係，且嬌娜救孔生的過程，兩人總是有意無意搞曖昧，不是嗎？

蒲松齡意圖究竟爲何？他終結嬌娜老公一家的方式太草率，令人起疑，感覺像要促成這段相互救命的恩情似的。

難道是小姨子總是很誘人的隱喻嗎？

不懂。不懂。眞是不懂。

11

「史上最溫柔小三部女」，如何馴服「史上最強悍大老婆金氏」？——蒲松齡版《馴悍記》（上）

莎士比亞寫過一齣戲劇《馴悍記》，講的是難搞的女人，最後如何被惱公「馴服」，成爲一位賢慧得體的老婆。

還好，是喜劇，大家看過後，嬉笑怒罵一番，沒事。否則，放到當今，女權意識高漲，女性自我鮮明的年代，肯定要被罵到臭頭！你，沙文主義豬。

什麼男人「馴」女人？

你看到的現實是，都是男人「乖乖被馴服」的場面吧！我看到幾位美麗妖嬌的太太們，邊做臉邊罵家裡不成材的老公們，一邊呵呵呵呵嘻嘻嘻嘻。

《聊齋誌異》亦有類似的「東方版馴悍記」。不過講的是大老婆的嫉妒，小老婆的委屈，惱公的無可奈何，以及最後靠小老婆的耐性與巧思，扳回局面的「聊齋版馴悍記」。不但不喜劇，劇情中，還頗多悽慘，頗多神怪介入。

這是《聊齋》裡，一篇男女眾多主角，皆非鬼非狐非妖的故事。完全是一齣「家庭倫理劇」，而且，很肥皂劇。外加，一些神怪啓示錄。

故事一開始，男女主角登場。

男主角，柴姓，有錢人。女主角，妻金姓，不育，又奇妒。

好爺人嘛，有錢，會甘於一妻一夫嗎？

於是，柴爺花百金買妾，「金暴遇之，經歲而死。柴忿出，獨宿數月，不踐閨闥」。氣到了，老子我花百金買小老婆，一年而已，妳就整死她了！氣，氣，氣，不回房間了，妳自己睡吧！

事過境遷，氣暫消。惱公進房，太座百般示好。惱公稍稍消氣，太座得寸進尺，化了妝，打扮性感，要惱公進內寢，幹嘛？當然是親熱啦，不然幹嘛？

惱公拒絕。

太座低聲下氣，爲誤殺小妾抱歉，還發誓再不阻攔惱公另外娶妾，「我絕不作梗了，我發誓！」

惱公，信了。當夜，留宿。

昨夜，蒙了惱公，騙他上床。隔日，叫來媒婆，「囑爲物色佳媵；而陰使遷延勿報，己則故督促之。如是年餘」。

這大老婆精明啊！

有手腕哦！明著積極幫你找小妾，暗著消極要媒婆拖時間，找藉口。一晃，又一年多。

惱公急了。另外託人，找到林氏養女，喜歡極了，日夜共食共眠，要什麼給什麼。

這惱公，眞是腦袋不聰明。

大老婆嫉妒法則之一，你愈愛小妾，她愈妒小妾。你愛更多，她恨愈重。但這回，大老婆耍手段，耍得令人「膽戰心驚」。

林姓小妾，不善女紅，不會作針線。大老婆假意好心教她，「若嚴師誨弟子。初猶呵罵，繼而鞭楚」。惱公雖心疼，但無法插手。教她學女紅，天經地義。

大老婆呢？則很會演戲，繼續假裝疼愛，但一有藉口，便嚴加虐待。「而金之憐愛林，尤倍於昔。往往自爲妝束，勻鉛黃焉。但履跟稍有摺痕，則以鐵杖擊雙彎；髮少亂，則批兩頰。林不堪其虐，自經死。」

看看，是不是毛骨悚然？

又逼死一位小妾，惱公豈不氣到爆炸！

老公終於體悟，老婆太陰狠，乾脆搬出去住。分居，沒離婚。

大老婆連續「逼死」兩位小妾，法律上，是沒事的哦！

一夫多妻制，娶小妾合法。但小妾在家中的地位，並無保障，端視老公的態度、大老婆的人品而定。

《金瓶梅》裡，西門慶滿門妻妾，家中沒人敢囂張，因爲他才是老大。

一夫多妻制，是沒有現代人權觀念的產物。女人的婚嫁，如商品。嫁雞隨雞，嫁狗隨狗，妻都如此了，何況是妾？

小妾若處境堪憐，唯三升格的機會，一是敢鬥，敢跟大老婆鬥，鬥倒她，就出頭。但必須得到老公的首肯，或默認。二是，生了兒子，尤其，當大老婆無法生兒子的情況下，妾生兒子，地位改觀。《金瓶梅》裡，李瓶兒就因生了兒子，備受西門慶疼愛。三是，熬到大老婆先掛！小妾名正言順，扶正了！但那要熬，要等。

但，通常不容易啊！

小老婆多半是「以貌取人」被挑選的。而會給富人當妾當偏房，要不是娘家經濟條件不佳，便是自己無所選擇、無法抗拒的結果。

這樣的前提下，做小妾的，要說聰明伶俐，才智過人，少之又少啊。但，竟然就給這家有「妒妻」、「悍妻」的柴老爺，碰到啦！

分居半年多，柴富豪參加友人葬禮，觸電了。

「見二八女郎，光豔溢目，停睇神馳。」看傻眼了。

美女覺得他放肆，斜眼瞪他。

他一打聽，心涼了一半，看來機會不大。

美女姓邵，家境清貧，但父母疼愛，讀書過目不忘，特別喜歡讀《黃帝內經》（醫書）與《冰鑑》（面相學）。對感情有主見，所以十七歲了，婚姻未定。

既然對婚姻有主見，又怎麼可能去當人家的妾呢？

柴大爺「知不可圖，然心低徊之。又冀其家貧，或可利動」。

有錢人，癡心，又口袋深度夠，最難纏。

他透過幾位媒婆都不成功，灰心但又不肯死心。

機會來了。

一位姓賈的老嫗，替他出面喬事了。

這老嫗可厲害了。

她先花時間，跟邵媽媽話家常。直到有天邵姑娘出現，她大加讚美，問起婚事，邵媽媽一方面驕傲女兒生得好，一方面也感嘆，女兒挑剔，「十無一當，不解是何意向」。來求婚的，來十個，她退十個！不知在想什麼？

這賈媼布局眞巧妙。

她先讚歎這麼美麗的女兒，能娶她的必然是前輩子修來的福氣。然後，又不經意的，當笑話說：那位柴家的郎君，說什麼有天碰到您家女兒，驚爲天人，很想拿千金聘禮娶她。您說，這不是癩蛤蟆想吃天鵝肉嗎？我啊，一句話就把他頂回去了，您說好笑吧！（說完，這媒婆很可能，手掩著嘴，哇哈哈大笑！）

邵媽媽呢？微笑不語。

賈媼接著說，如果是一般秀才，也就算了。「若在別個，失尺而得丈，宜若可爲矣。」這話有玄機，如果是碰上更好的，那失尺而換得丈，不是也很OK嗎？

這邵媽媽有趣，仍然笑而不語。

賈媼探出味道了。

再進一步說，如果能得到夫人您的首肯，得到您千金，他一定是禮貌周到，出馬車，入樓閣，就算是我這老太太也沾光啊，去登門拜訪，僕人門房吆喝招呼，也有面子啊。

邵媽媽聽完沉默一會，便進房與老公商量。過一會，又叫女兒進去。（窮人家庭，還是很難
抵抗嫁入豪門的誘惑啊！古今皆然。）

再過一會。夫妻女兒三人出來，面帶微笑，成了。

邵媽媽笑著，難搞的女兒啊，那麼多人作媒她不要，偏偏要當人家的小妾。

賈嫗開心啊趕忙補上一句，「倘入門，得一小哥子，大夫人便如何耶！」沒錯啊！生個兒
子，地位改觀。大太太又能怎樣呢？何況，柴大富已經保證會金屋藏嬌，不會讓大老婆欺負邵
小姐的。邵爸聽了，心更安了。

邵爸爸疼女兒，再度問她，確定嗎？不會後悔？

女兒很堅定。「父母安享厚奉，則養女有濟矣。（父母老來能被奉養，養女兒值得啊！）況
自顧命薄，若得嘉耦，必減壽數，少受折磨，未必非福。（我不是什麼好命之人，若嫁得太
好，未必是福氣。）前見柴郎亦福相，子孫必有興者。」要懂邵姑娘爲何這麼判斷，別忘了，
前面已經提過，她懂醫術，她會看面相。

接獲喜訊。柴大富「喜出非望，卽置千金，備輿馬，娶女於別業，家人無敢言者」。這有錢

柴爺也眞言出必行，把美女安置於別墅，家人畏懼大老婆，無人敢透漏風聲。

但邵姑娘可膽大心細。她主動跟惱公提醒，「君之計，所謂燕巢於幕，不謀朝夕者也。（惱公您的計謀，如同燕子把巢築在人家的布幕之上，能長久嗎？）塞口防舌，以冀不漏，何可得乎？請不如早歸，猶速發而禍小。」衆人之口難以杜絕，與其被洩漏出去，還不如我們及早告訴大老婆，麻煩還小些。

看來，柴老爺是很了解太座的（那當然，已經逼死兩位小妾了），他怕邵姑娘也難逃毒手。邵姑娘很自信，「天下無不可化之人。（適合擔任輔導老師，堅信人性本善。）我苟無過，怒何由起？」

但柴先生知道詳情啊！

他說：「不然。此非常之悍，不可情理動者。」妳不懂啊，我那大老婆，非常人啊，說情說理，都沒用的。但邵姑娘很堅定。「身爲賤婢，摧折亦自分耳。不然，買日而活，何可長也？」我不過是一個賤婢，被摧折也就認命了，像這樣過一天算一天，能持久嗎？

她說得有理。柴先生亦明瞭。但還是始終猶豫，一再拖延。

終於，有一天，他有事外出。

邵姑娘，出手了。她要去找大老婆，坦誠面對。

她怎麼做呢？

她會遭遇怎樣的命運呢？

讀過《紅樓夢》的，一定記得，尤二姐是怎麼被王熙鳳「關進」賈府，最後備受屈辱而自盡。

這位金氏善妒心狠，邵姑娘玩得過她嗎？

12

「史上最溫柔小三邵女」，如何馴服「史上最強悍大老婆金氏」？——蒲松齡版《馴悍記》（下）

蒲松齡對納妾的文化，是很有態度的。〈畫皮〉裡，他把獰鬼經由「借殼上市」，成爲人妾後，擾亂一家安寧，甚至奪走惱公性命，做了道德上的批判，還讓大老婆扮演救回惱公一命的關鍵人物。然而，他身處「妾文化」盛行年代，不但無奈，也一定看到許多悲慘的案例。我們寫作的人，最懂作者心。對現實的無奈，唯有透過文字鋪陳，故事再造，予以翻轉，才有啓迪人心的可能。這是對文字，最誠懇的寫實主義信念。儘管，在書寫的策略上，也會虛實並用，魔幻與紀實交錯。

我們談的這篇〈邵女〉，便是一篇很具代表性的，爲小妾翻案，批評大老婆專斷、因妒生恨的好創作。

話說，邵女被柴大富娶回別墅了。但她積極爭取，要回柴府，向大老婆輸誠的建議，讓惱公非常猶豫。畢竟，之前，已經連續兩位美妾被虐待致死了，絕不能再來第三次！

但，某一天，柴先生外出，邵女主動出擊了。她深知低調是福。「女青衣而出，命蒼頭控老牝馬，一嫗攜襆從之，竟詣嫡所，伏地而陳。」衣著樸素，僕人牽老馬，老嫗拖行李，一進柴府，便趴在地上，向大老婆輸誠，夠低調吧。

大老婆當然妒火中生，但一想對方這麼低調，氣稍稍平息。她也算聰明，要婢女拿出錦衣給邵女換裝，還大聲地說（顯然是說給大家聽的）：「彼薄倖人播惡於衆，使我橫被口語。其實皆男子不義，諸婢無行，有以激之。汝試念背妻而立家室，此豈復是人矣？」這段話，固然是一位妒妻，在逼死兩個小妾後，爲自己辯護的說辭，然而，也不能說沒有一定道理。你們男人背著老婆，在外找女人，另立黨中央，這還算是人嗎？

邵女，替惱公緩頰。他其實也滿懊惱的哦！只是好面子，不肯先低頭而已。

俗話說，「大者不伏小」，照禮儀來講，「妻之於夫，猶子之於父，庶之於嫡也。夫人若肯假以辭色，則積怨可以盡捐」。蒲松齡畢竟還是傳統儒家的信徒，相信三綱五常，各盡本分。社會秩序，自然穩定。

但這位悍妻說，他不來，我能怎麼辦？

當天，算是勉強過關了。

柴先生一聽邵女跑去家裡，嚇得半死。匆忙趕回家。原以爲完蛋了，「羊入虎群，狼藉已不堪矣」。杯盤狼藉？用狼藉二字，多傳神。羊要被虎吃掉啦！

但，沒事，沒事，「疾奔而至，見家中寂然，心始穩貼」。

好玩吧，在惱公眼裡，小妾是綿羊，太座是，永遠是母老虎！（不是我說的，是柴老爺子！他賤。）

這小妾邵女多貼心啊！

她迎接惱公後，勸他先進大老婆的房。柴面有難色，她便啜泣。老爺子只好照辦。但邵女先去大老婆那，解釋：「郎適歸，自慚無以見夫人。乞夫人往一姍笑之也。」邵女太體貼了。要顧及大老婆顏面，又要顧及惱公尊嚴。

大老婆不肯去。邵女再曉以大義。還舉了孟光「齊眉舉案」的成語故事爲例。證明做太太的，對丈夫示好，可不是什麼諂媚啊，是天經地義。

什麼？你說什麼是「齊眉舉案」？

欸，可不是去警察局，舉發什麼案子哦！

是老婆給老公送飯時，把那盛食物的托盤，舉到跟眉毛一樣高的程度，以示尊敬。懂嗎？

再不懂，下次到我家，看我舉案齊眉，給太座送飯，還穿水電工的制服，你就懂啦！

大老婆聽聽有理。遂去見了惱公。但她畢竟悍婦一枚，一開口，就K惱公一頓，「汝狡兔三窟，何歸爲？」你不是很會狡兔三窟嗎？幹嘛回來？

氣氛一下子，緊繃。

邵女以手肘推一下惱公，惱公勉強笑笑。不回嘴。太座臉色緩和。要回房去，邵女再推推惱公，要他跟上去，還吩咐廚房準備宵夜。從此，夫妻算是復合了。

這只是開始哦。

邵女每天都以青衣去大老婆房問早，陪她盥洗換衣，完全以婢女的姿態服務她。

惱公只要想來邵女的房間，她就一再推託，來個十幾次，她只肯接納一次。其他時間，都推惱公去大老婆那，連大老婆都覺得她滿賢慧的。

可是，日子一久。大老婆覺得慚愧，自嘆不如，反而「積慚成忌」。偏偏又實在找不出邵女的缺點，即便有時故意譴責她，她也逆來順受，毫無怨言。

終於，有一夜，夫婦起勃谿，晨起梳妝時，大老婆還有怨氣。邵女捧著梳妝鏡，不小心摔破了。

這下可好，讓大老婆逮到機會，拿起鞭子，就是一陣抽打。

氣得惱公大怒，衝進房，把挨打的邵女拉出來。

大老婆更氣，追出來繼續打。

惱公奪下鞭子，反而抽打老婆，老婆這才退回去。

但夫婦又再度成爲路人了。

惱公知道老婆的本性，要邵女遠離她。但邵女依舊執小妾之禮，早起，便「膝行伺幕外」，等候差遣。

可是，大老婆日夜切齒，就想找機會，洩憤邵女。惱公太了解太座了，於是「謝絕人事，杜門不通弔慶」。什麼紅白帖都不接，整日待在家裡，保護小妾。

妒妻更氣。無奈何，「惟日撻婢媪，以寄其恨，下人皆不可堪」。而邵女呢？

知道惱公與大老婆失和，她態度愈發低調。且不讓惱公進她房間。「柴於是孤眠。」

柴府有一位大婢，偶爾與主人柴老爺說話，被大老婆看見，懷疑他們有私情，動輒粗暴對待。這婢女苦不堪言。常在私下無人之處，便痛罵女主人，類似妳去死吧之類的。

一夜，輪到這婢女輪值夜班。邵女提醒惱公，要留意這婢女，因爲「婢面有殺機，叵測也」。（別忘記，邵女讀《冰鑑》，會識人看相的。）

惱公找來婢女，一經詢問，果然問得婢女手足無措，還查出她身上攜帶利刃。

這下，麻煩大了。

柴大爺氣得要鞭笞她。邵女規勸，不如賣她出去，否則大老婆知道詳情，「此婢必無生理」。

賣了婢女，怎瞞得了女主人。

大老婆認爲自己完全不知道賣婢女這件事，很沒面子，責怪惱公，也遷怒邵女。

後來，是惱公氣不過，才道出眞相，是老婆妳對人太苛刻，人家要殺妳。被小妾發現了，賣她出去。妳還怪人家！「妻大驚，向女溫語；而心轉恨其言之不早。」

這老婆，可眞是難搞吧！

吃這個也癢，吃那個也癢。不給她吃，她就恨你一輩子。

這事件過去。惱公以爲解釋清楚，雨過天晴了。於是出遠門，辦事。

大老婆可抓到機會了。

把邵女叫來，責備她「殺主者罪不赦，汝縱之何心？」妳什麼居心，放過這要殺我的婢女。

邵女一下詞窮，不知如何解釋。

大老婆太狠，「燒赤鐵烙女面」，要毀小妾的容！

這時，沉默的民意，反彈了！

「婢媼皆爲之不平。每號痛一聲，則家人皆哭，願代受死。」家裡的下人們，平常被妳一個個欺負，她們沒力反抗。但此刻，眾志成城，團結力量大。一起跪在那，呼天搶地，要爲小妾求饒，妳一個女主人，敢犯眾怒嗎？

她只能讓步，卻又不能讓得太乾脆，只得「以針刺脇二十餘下，始揮之去」。

柴惱公回來，一看邵女臉部受創，大怒，要去找太座論理。邵女死命拉住他，「妾明知火坑而故蹈之」。聲明是自己的選擇，不怨別人。

邵女如此，夫復何言呢？

反倒是，大老婆經歷了家中婢女僕人聯手爲小妾求情的事件後，發現自己「身同獨夫」，身陷孤立，才有了愧悔的念頭。對待小妾的態度日漸溫和，家中大小事也會跟她一塊商量。卻不料，大老婆突然病倒。沒胃口吃東西。柴先生恨她不如早死，遂不聞不問。

唯有小妾，不遑眠食，隨時照料。

小妾是懂醫藥的，她要替大老婆看診開藥。金氏反而因過去的恩怨，擔心小妾會藉機報復（想毒死我？），不肯接受。病情因而日益沉重。

這大老婆雖然善妒嚴苛，不過平日持家嚴整，管理下人有方。如今病倒，柴大爺子自己經手，才知道不輕鬆。於是去延請醫生照料開藥，卻始終找不到病因，藥怎麼吃都不好。

小妾勸金氏不要再吃這些藥方，金氏不聽。

小妾遂私下偷偷換了藥，新藥方吃過幾次，大老婆很快康復。她嘲笑小妾：「女華陀，今如何也！」妳不是說那藥無效嗎？那現在呢？

結果，小妾與婢女們都在笑。問了，才知道原來藥已調包，她吃的，正是邵女抓的藥方。

金氏大哭（總要感動吧！不然這故事講不下去了。），泣曰：「妾（謙卑嘍，自稱妾）日受子（尊稱邵女嘍！）之覆載。而不知也！今而後，請惟家政，聽子而行。」以後要以邵女馬首是瞻啦！

但，邵女眞的是天生善良啊。

金氏病癒，惱公設宴慶賀，（不知是慶賀她痊癒，還是慶賀她人變了）邵女依然「捧壺侍側」，這回，金氏起身奪下壺，拉她一塊坐下，大老婆攜手小老婆，柴先生，你出運啦！

故事還沒了哦，別走開。

從此，大老婆小老婆情同姊妹。

邵女生了兒子，產後多病，金氏竟「親調視，若奉老母」。變了。變了。小三變老母。

但突然，平靜生活起波瀾。

金氏罹患心痗（心痛症），痛到臉色發青，只想一死解脫。

邵女用銀針按穴刺之（針灸法），晝然痛止。然而只是治標，幾天後再復發。再針灸，好幾日，再復發。簡直是折磨啊。

沒錯，你說對了。就是折磨！可誰折磨她呢？

一夜，金氏惴惴不安睡去。做夢。夢到似乎在一廟宇大殿，鬼神森森。殿上大神責問她，作惡多端，害死兩姬，又鞭打邵女，念她已有心悔改，饒她不死，但「所欠一烙二十三針，（金氏不是曾經拿針刺邵女脇下嗎？老天有眼，都記下了。）今三次，止償零數，便望病根除耶？明日又當作矣」！整存零付，分期付款，分幾次，慢慢償還你對邵女的虐待。

乍醒後，金氏以爲不過惡夢一場。孰料，隔日又復發，而且更痛！

邵女趕來，替她針灸，金氏才把夢境和盤托出。而且，她竟然還記得仍欠十九針。於是，懇託邵女，一次給她刺十九針，一了百了。

邵女「乃約略經絡，刺之如數。自此平復，果不復病」。

從此呢？

這是happy-ending的故事，過程曲折，結局美好。兒子後來中了進士當了翰林（蒲松齡又再自晦，做夢了），柴老爺子享齊人之福，三人行不行，行啦！

這篇〈邵女〉引發很多爭論。

邵女有必要，這樣百般委屈嗎？

換成現在，動不動就來個「地表最強小三」，主動直播大老婆的壞、狠、兇，引起網路公憤，進而肉搜大老婆的個人資料。早就每天頭條新聞了，幹嘛這麼委屈？

沒錯。但蒲松齡是清朝前期的讀書人。那年代，儒家倫理當道，一夫多妻制盛行。小妾沒有保障。蒲松齡心疼小妾的處境，身為文青作者，他只能以寫故事，來發人深省，喚起社會大眾對「妻妾關係」的重視。

年代不同，我們對很多關係的價值觀，當然也與時俱進了。

不過，你眞以為大老婆都壞？小老婆都美？

看看鬧上新聞的事件，有些小三還眞不怎麼樣，有些大老婆還眞是氣質優雅！你說，男女感情的事，有個準頭可言嗎？男人，賤啊！

難哦，難哦，還是讀《紅樓夢》，讀《金瓶梅》，再不，讀讀《聊齋》吧！我陪你。

13

牡丹花下死，做鬼也風流。但你若愛上名花，你該在乎她是妖，是人嗎？

蒲松齡的《聊齋誌異》，鬼狐雖是要角，但妖呢，亦非配角。有些妖，有情有義，反而是人，意念常常不夠堅定，把一段不錯的「人妖戀」，啊，不是泰國那種人妖哦，是眞正的人與妖之間的戀情，給搞砸了！

〈葛巾〉，無疑是一篇極精采的人妖戀情。

洛陽。古都。十三個王朝，選擇洛陽建都，可見人傑地靈，但洛陽更以牡丹花聞名古今。

古都，名花，相得益彰，牡丹亦稱「洛陽花」。

古都，名花，既然關係深刻。

總要給它們，搭一段動人的傳奇吧！

〈葛巾〉男主角，一登場，就提到牡丹。

「常大用，洛人。癖好牡丹。」他聽說曹州的牡丹，不輸齊魯，心嚮往之。找到機會，便去曹州了。借住在當地的縉紳家。二月天，牡丹還未開花。他便徘徊花園中，觀察花苞，等待花開。這期間，他連寫了一百多首詠牡丹的絕句，果然花癡。

等著，等著，他盤纏用盡。又捨不得走，只得典當春衣，再等。

某天清晨，他到花園，看見一位女郎與老嫗，他猜測是這家縉紳的家眷，不好打攪，便悄然退出。

黃昏再去，又碰上。他避開但偷偷留意，這女郎「宮妝豔絕」。心想，世上怎麼可能？除非是仙子！

他掉頭去找，老嫗罵他「狂生何爲」！

這小子有趣，立刻跪在地上，直呼「娘子必是神仙」！

老嫗兇他要送他官辦。女郎卻笑盈盈，「去之」。沒事，我們走吧！

女郎老嫗離開後，這小生癡癡呆呆，既後悔自己孟浪，又安慰自己人家美女也沒眞生氣啊。

這麼一來一往的，心思懸念，終夜反覆，竟然連續三日，「憔悴欲死」。看來是初戀症候群。

當夜，小生病得迷迷糊糊，看那老嫗進屋內，帶了瓶甌，「吾家葛巾娘子，手合鴆湯，其速飲」！（我家小姐葛巾，親手做了鴆湯，你趕緊喝掉吧！）

葛巾，登場。牡丹花種類破百，葛巾是其中一種。以紫色見聞。（我們都聽過飲鴆止渴吧！「鴆」不是毒藥嗎？怎麼做湯用？）

常小生心想，奇怪，我跟美女無怨無仇，爲何要賜死我？但他心念一轉，「既爲娘子手調，與其相思而病，不如仰藥而死」！（啊，這段太好了。天下要把妹的男人一定切記：如果你愛她，她就算親手調製毒藥，你也要眉頭不皺的，給它灌下去。這是把妹的試煉。癡情男子切記！）

說著說著，這小子一仰而盡。

老嫗笑笑，帶著甌離去。

常生躺在床上，等著藥性發作。咦，藥氣香冷，咦，肺鬲寬舒，咦，頭顱清爽。咦，怎麼沒事，咦，睡著了。

一直睡到紅日滿窗，醒來，病好了！

常小生愈發相信，那美女是仙子了。於是在「無人時，彷彿其立處、坐處，虔拜而默禱之」。怎樣？你覺得這傢伙癡了？顛了？我告訴你，要把妹，要撩妹，先學著自己要投入，把對方當神當仙來膜拜，你才有機會，懂嗎？

終於，癡情有好報。

某日，林中，竟巧遇那女郎。不是做夢哦，他聞到女郎身上的香味，他伸手去握女郎的手，「指膚軟膩，使人骨節欲酥」。站不住了！站不住了！

妹有意哦，所以沒拒絕。郎有心哦，正想進一步。天殺的，老嫗來了！

女郎躲開前，告訴他，「夜以花梯度牆，四面紅窗者，即妾居也」。晚上請你翻牆過來我的房間，那四面紅窗，就是。

把妹，到這關口，浪漫。但妹的老爸若知道，鐵定氣死。

這郎，當然迫不及待，入夜就去啦。但攀過牆，躲在窗下等機會的這狼，噢不，這郎，可急了。

因爲，女郎跟一位素衣美女在下棋，老嫗也在。還有另一婢女。就這樣，一直撐到三更，突然聽到老嫗說，「梯也，誰置此？」然後叫婢女移開它。這郎嚇得趕緊攀爬到牆上，悵悒而返。這夜，春夢飛了。

隔天，再去。

梯子仍在（可見女郎也在等，耶！），這次女郎在房內獨坐，若有所思。這郎可樂了，進房，急得跟什麼似的，「遂狎抱之」。人家女郎雖然主動邀你，但還是要顧及面子啊！叫他不要猴急。

這小子有讀書，回她「好事多磨，遲爲鬼妒」。趕快趕快，不然連鬼都要嫉妒我啊！看，多會講話，既掩飾猴急本色，又暗誇女郎夠美，鬼都要嫉妒我能一親芳澤啊！（看到沒，撩妹也是要讀點書的。）

嘿，可恨，正猴急呢！

有人走來了。這女郎說，糟糕，「玉版妹子來矣！君可姑伏床下」。玉版，跟葛巾一樣，都是牡丹花中的絕品。

躲在床下的常生，聽到進來的女子說：「敗軍之將，尚可復言戰否？業已烹茗，敢邀爲長夜之歡。」慘了，昨晚下棋的那位素衣美女，又要熬夜對弈了。

只聽這女郎，啊哈欠一聲，喊累，要睡。

玉版不依，堅持要下棋。女郎亦堅持不肯。

玉版使出姊妹淘最會的一招：「如此戀戀，豈藏有男子在室耶？」噢，妳這麼戀在房內，是不是有男友躲在這裡啊？葛巾一慌，趕忙跟著出去了。

這郎啊，好事眞的多磨啊！

從床下出來。他左看右看，今晚泡湯了。

他想，不然拿個小東西，回去以解相思之苦吧！

順手拿了個水晶如意。心頭一轉，說不定，女郎發現如意不見，會主動來找他。

隔夕，女郎眞來了。

一來便笑著念他，「妾向以君爲君子也，而不知寇盜也。」既然是笑笑地念，連我這個性憨厚的男人都知道，不是眞的生氣，何況是痞子痞子痞的常小生呢！

果然，耍嘴皮子了。他說：「良有之！所以偶不君子者，第望其如意耳。」我之所以偶爾不像個君子，也是因爲妳，希望妳能來找這塊如意啊！

郎有心，女有意，兩人於是就你伸手拉我，我身體被你拉，你伸手脫我衣服，我衣服竟毫不抵抗地被脫掉。

親熱中，男的擔心來日不長，女的要他保守祕密。

男的問她名姓，女的回他既是神仙何需名姓。

男的再問，老嫗何人？女的解釋，這桑老自小照顧她，所以不同於一般婢輩。

良宵苦短。臨去前，女郎要拿回水晶如意，說是堂妹玉版的。

約會這檔事，有一就有二，有三。

此後，隔個兩三日，兩人便幽會一次。

常生盤纏用盡，想把坐騎賣掉。女郎知道後，不捨他爲她花費，要資助他。男人總覺得這樣很沒面子。

女郎一定要幫，但幫的方式很特別。

女郎捉住他的手臂，拉到一棵桑樹下，指著一塊石頭，要他轉動石頭。（芝麻開門！）接著，拔下頭簪，在泥土上連刺數十下，要他扒開泥土。出現一個甕。女郎伸手，拿出五十幾兩白銀。常生有點嚇到，說夠了。女郎不聽，再撈出十幾兩。反倒是男的緊張兮兮了，堅持要把銀兩倒回一半。

有錢，日子好過了。

但不久，女郎跟男子說，近來有不少流言，情況不妙，我們要早做打算。

男子倒很負責，說一切有他，「一惟卿命，刀鋸斧鉞，亦所不遑顧耳」！

兩人決定私奔回男子的故鄉洛陽。

男子先啓程，回家安排。不料，他才到家，女郎的坐車也到了。（神吧！）鄰居們當然對這對佳偶，恭賀祝福。但常生畢竟是把人家閨女給拐走了，心頭依舊忐忑不安。

美女大器得很，安慰他，不用怕。還舉了卓文君隨司馬相如私奔的例子，說就算被找到，生米煮成熟飯，怕什麼？

這常生有個弟弟，年十七。女郎見了他，稱讚他的成就會超過哥哥，便把玉版堂妹介紹給他。兄弟倆，娶了美嬌娘堂姊妹，幸福美滿。

家境日富，妯娌美貌，終究會被嫉妒。

有天，一群強盜，突然來襲。常生一家，被困在樓上。強盜要求兩件事，一，聽聞兩位夫人美貌世間所無，請賜一見。二，來的強盜五十八人，每人乞金五百。不依，就放火燒樓。

常生答應，錢照給，但要見兩位夫人，則不可。強盜們不滿，要焚火燒樓了。

正在緊張之際，兩位夫人決定下樓。

她們站在階梯上，對強盜們喊話：「我姊妹皆仙媛，暫時一履塵世，何畏寇盜！欲賜汝萬金，恐汝不敢受也。」應該是美貌女子，威風凜凜時，氣勢也很驚人吧！眾寇竟然一齊仰拜，連稱不敢不敢。

姊妹此時，準備退回樓上。

一位盜寇喊：「有詐！」

女郎，返身，對盜寇們說：「意欲何作，便早圖之，尚未晚也。」各位試著想想那畫面，美女站在高處，美豔絕倫，但冷若冰霜，語氣如刃，你們到底想幹嘛？趕緊說，不然，就不要後悔了！

衆強盜，你看我，我看你，默無一言。姊妹便緩緩登階，上樓了。強盜，也退了。

顯然，氣勢震懾，也顯然外界對這姊妹的來歷，言之鑿鑿。於是，連強盜都不敢隨便造次。

之後，兩姊妹，各生一子。

偶爾，談及她們的身世。姓魏，母親被封了曹國夫人。

這常生，有趣。

把妹時，不在意人家身世。得手了，姊妹花還幫你們常家，生了兩個兒子。這時，卻懷疑「曹無魏姓世家，又且大姓失女，何得一置不問」？但他不敢直接問太座。只好找理由，再回當年認識女郎的曹地，去探個究竟。

眞的，當地確實沒有魏姓。

於是，他只得再去叨擾之前借住過的舊家主人。

他發現線索了。

牆上有一幅「贈曹國夫人詩」。他嚇一跳，詢問主人，誰是曹國夫人？

主人笑著，帶他去見曹國夫人。

走至園子，見一牡丹，美豔高挺跟屋簷一般。

問主人，爲何稱這牡丹是曹國夫人？

主人說，因這花是曹地第一名。

他再問，花種是？

主人回，叫葛巾紫。

這常郎，大駭。「遂疑女爲花妖。」

回到洛陽。他不敢直說。但，把曹國夫人的詩句，講給太座聽。

太座臉色乍變，你竟敢探老娘的底！

她立刻叫玉版帶兒子出來。對常生說，當年我感念你愛我，我以身相報。如今你既然猜疑我，我們怎麼再相處下去呢？（沒錯，夫妻猜疑，不離也難！）

說完，跟玉版一塊，把兒子拋向遠處，在常郎一陣驚呼中，兩個男孩竟墜地並沒，不見了。

緊接著，兩位美女，亦瞬間消失。

常郎悔恨不已。（眞是活該啊！）

隔幾日。兒子墜地處，長出牡丹二株。一夜徑尺，當年而花。一紫一白，朵大如盤，較尋常之葛巾、玉版，瓣尤繁碎。（更精緻更美麗。）

果然是花神啊！

數年後，茂蔭成叢。移分他所，更變異種，莫能識其名。

自此牡丹之盛，洛下無雙焉。（常家光靠這些花，應該就發大財了吧！）

好了，這就是〈葛巾〉故事全貌。

爲洛陽牡丹花的來歷，增添傳奇效果。

花，美到那樣，總有不可思議的傳奇吧！

問我心得嗎？

永遠不要探你家太座的底。眞的，美人心，海底針，你撈不出答案的。撈到最後，她翻臉，倒楣的，必定是你！切記。切記。

男人啊，有空，讀讀這篇〈葛巾〉吧！爲夫之道，爲男人之道，盡在謹守分寸，懂嗎？

14

沒錯，遇到殭屍，你要暫時停止呼吸，連蒲松齡也是這麼說的呢！

人活著，便有很多的可能。

螻蟻尚且偷生，何況是人際糾結那麼深的人類呢？

在生死學上，不免要我們翻轉孔老夫子「未知生，焉知死」的教誨，及早於有生之年，多想想面對死生的大哉問。

然而，生死一瞬間的意外，或身不由己的死別，畢竟超乎我們的個人意志，或個人意願，因而生者對驟逝者、往生者，不免也夾帶了許多感情與寄託。

很多的鬼故事，何嘗不是活著的人，心中某些感情的投射呢？

但，唯獨殭屍這類的鬼故事，很奇特。有時，往往跟人世的糾葛，並無關聯。彷彿，就因爲某些外在的偶然原因，一隻黑貓跳過屍體，生前一個老好人，竟「屍變」，竟成厲鬼殭屍一個！

《聊齋》裡觸及「殭屍」的故事，很少。

感覺起來，似乎跟一九八〇年代紅遍華人世界的，香港殭屍電影裡，以清朝爲背景的道士趕屍、殭屍突變，很不一致。不過，電影畢竟是電影，未必也跟它取材的故事，一定有什麼正相關吧！

香港殭屍片熱潮，正宗源頭，是《殭屍先生》，台灣上映片名《暫時停止呼吸》。英文片名《*Mr. Vampire*》。捧紅了「一眉道人」林正英，兩位徒弟錢小豪、許冠英。錢小豪拍了這部大賣的電影，從武打替身躍升爲一線演員。

台灣的片名《暫時停止呼吸》，尤其傳神。

電影中，殭屍復活，眼睛是看不見的，它們單憑嗅覺，聞出活人氣息。因此電影的創新噱頭是，殭屍逼近你身軀時，你要憋氣。憋愈久，愈安全。

噱頭的笑點來了，如果幾個人，同時面對殭屍時，誰若憋氣不夠久，誰就可能害了其他人。

於是，幾種可能的畫面出現了：

感人篇：你知道旁邊你愛的人，撐不住了，你率先換氣，把殭屍吸引開。

好笑篇：幾個人憋氣。但殭屍硬是不離開。每張臉，愈憋愈紅，愈憋愈漲，甚至，快撐不住了，旁邊的人，竟把兩根手指塞進你鼻孔。

惡整篇：大家本來應該齊心協力，對抗殭屍。但憋氣憋到不行時，做師傅的，壞心伸手去搔徒弟的胳肢窩，徒弟一笑，破功，殭屍去追逐他了。

好，電影好笑歸好笑。但「暫時停止呼吸」這一招，在《聊齋》裡，是用到了。

〈屍變〉是蒲松齡直接處理殭屍的一篇故事。但，不是我們一般熟知的男性殭屍，而是女殭屍。

而殭屍片，或殭屍故事裡，常見的道士呢？

在〈屍變〉中，蒲松齡也給了我們一個相當顛覆的角色安排，好笑也滿諷刺的。

陽信這地方，某位老翁在離城五六里，開了家小店，提供往來商旅簡單食宿。

某天黃昏，來了四位車夫，欲投宿。

剛好房間全滿。四位車夫，千拜託萬拜託，不計較舒適，但求一宿而已。

老翁因爲最近死了媳婦，暫時停屍室內，兒子則外出購買棺材尚未返回。老翁問車夫們若不介意，可以在停屍的房間內，借宿一晚。

場景大致是這樣的。「翁以靈所室寂，遂穿衢導客往。入其廬，燈昏案上；案後有搭帳衣，紙衾覆逝者。又觀寢所，則複室中有連榻。」看來，還好，雖是女屍，但隔在桌案後，且有用類似帳篷的罩子搭著，至少沒有那麼直接面對。

何況，這四位車夫，平日跑江湖討生活，風裡來，浪裡去的，什麼場合沒見過？區區一副屍體而已，無怨無仇的，怕什麼？

於是，別無懸念，四人決定在這叨擾一晚。

「四客奔波頗困。甫就枕，鼻息漸粗。」做工的人，能吃能睡。很快，打鼾了。

故事，永遠都有一個穿針引線的人。

這人，「惟一客尚矇矓。忽聞靈床上察察有聲」。

奇怪。明明是死人啊！怎麼會有聲響?!

如果是你，你會怎樣？

把頭蒙進被子？

睜開眼睛看清楚？

這人「急開目，則靈前燈火，照視甚了；女尸已揭衾起；俄而下，漸入臥室」。

靈前的燈火突然明亮起來。

明明不是死人嗎？怎麼，怎麼自己掀開覆蓋的紙衣？

換成是你，你腿軟了？你心跳加速？你想祈禱？你想驚聲尖叫？

這「漸入」二字用得好。不覺得就像鬼片演的，鬼是滑動的前進，而非一步一步的。

那女的，「面淡金色，生絹抹額」。臉是淡金色，不知是死後的化妝，還是殭屍的顏色？

生絹抹額，應該是鄉下勞動婦女最普通的裝扮。以生絹布，包裹頭髮，露出額頭。

她，噢應該是，它，要幹嘛？

「俯近榻前，徧吹臥客者三。」

幹嘛？它要吸取活人的精華嗎？

它一個一個的吹，然後愈來愈逼近。

「客大懼，（廢話，不懼才怪！）恐將及己，潛引被覆首，閉息忍咽以聽之。」

現在明白我爲何要先提及港片《暫時停止呼吸》了吧！

這位醒著的車夫，就是用「暫時停止呼吸」這一招。

他悄悄滑進被窩，把被子蓋住臉，憋氣。憋氣。憋氣。這時，他一定很恨，平常怎麼不把憋氣潛水練好？

未幾，沒多久，女尸眞的過來了。

「吹之如諸客。」憋氣。憋氣。憋氣。一動也不動的，憋氣。

過一會，感覺似乎走出房間了。聽到有紙衾晃動的聲音。他「出首維窺，見僵臥猶初矣」。偷偷探出被子，瞧瞧，女尸躺回原先的位置。

這車夫，不敢動。持續再等了一陣子。

然後，他悄悄「陰以足踏諸客；而諸客絕無少動」。多傳神的，緊張畫面。他伸出腳去踢踢其他夥伴。我踢，我踢，沒回應。完了，都死了嗎？

他愈想愈怕，「顧念無計，不如著衣以竄」。

說時遲，那時快。立刻想披上衣服，走人。但，這時，「察察之聲又作。客懼，復伏，縮首衾中」。沒錯，女尸又有動作了。

它爬起來，又再到幾個車夫這，吹氣。吹完，再離開。

這車夫，聽到靈床嘎嘎作響，知道它又躺回去了。

他趕忙從被子裡撈出褲子，匆忙套上，便急奔出去，連鞋子都來不及穿。

這時，恐怖，恐怖，眞恐怖！

「尸亦起，似將逐客。比其離帷，而客已拔關出矣。尸馳從之。」你快，殭屍也快。這時，是快打旋風，車夫此生一定明白，什麼叫「使盡吃奶的力氣」！

他拚命往前跑，邊跑邊呼救！

「客且奔且號，村中無有警者。欲叩主人之門，又恐遲爲所及。遂望邑城路，極力竄去。」呼救也沒人搭理。往主人家跑，又怕被殭屍逮到。只好往城市的方向跑。

跑到東郊，終於看到寺廟。聽到有木魚聲，知道有救了。鬼，殭屍，不是都怕寺廟，怕和尚道士嗎？

他大力敲門，碰碰碰碰。

但道士「訝其非常，又不卽納」，這道士眞是見死不救。不是非常狀況，幹嘛半夜三更敲你廟門？

沒辦法，這死道士，見死不救，要是一眉道人在就好啦！

這車夫無奈，遠處已見殭屍追近，只得自救。

他一看，寺外有一片白楊樹林，臨機一動，逃亡樹林。

「門外有白楊，圍四五尺許，因以樹自幛，彼右則左之，彼左則右之，尸益怒，然各寖倦矣。尸頓立，客汗促氣逆，庇樹間。尸暴起，伸兩臂隔樹探撲之，客驚仆。尸捉之不得，抱樹而僵。」

這段眞是緊張。殭屍與車夫，在白楊林中，你追我躲。畫面既驚險，也滿逗趣的。最終，人定勝天，不，人定勝殭屍！

原來，殭屍也會累啊！

「道人竊聽良久，無聲，始漸出。見客臥地上，燭之死，然心下絲絲有動氣，負入，終夜始甦。飲以湯水而問之，客具以狀對。」

這道士，眞是太沒膽子了。

天微亮。道士才走出戶外。

「道人覘樹上，果見僵女，大駭，報邑宰。」

「宰親詣質驗，使人拔女手，牢不可開。審諦之，則左右四指，並捲如鈎，入木沒甲。又數人力拔，乃得下，視指穴如鑿孔然。」殭屍的雙手，四指捲起如鉤子，深深嵌入樹幹。用力之深，要數人才有辦法把殭屍的手爪拉出來。若是嵌入人身，想必五馬分屍一般吧！

「遣役探翁家，則以尸亡客斃，紛紛正譁。役告之故，翁乃從往，舁尸歸。客泣告宰曰：『身四人出，今一人歸，此情何以信鄉里？』宰與之牒，齎送以歸。」原先的店家老翁，也正爲地上躺了三具死屍（活人變屍體），而應該躺在那的屍體，卻，卻不見蹤影而不知所措。此刻，方知，事情大條了。

但，又能如何呢？

反倒是，這四位車夫，一塊入宿，三人暴斃，且死在殭屍之口。這，能說服家屬嗎？

難怪僅存的車夫，對邑宰哭訴：「此情何以信鄉里？」

邑宰於是爲他出了張證明書，證明整起事件看似荒誕卻眞實無誤。

蒲松齡寫這故事，態度冷靜，不像他寫鬼狐時，投入很深。也許，他純粹只想當成鄉野奇譚，來記述吧！

但，這樣的題材，到了二十世紀八〇年代，卻在擅長靈異傳奇的香港，開出了一系列「殭屍電影」風潮！

而最紅那部，《殭屍先生》（《暫時停止呼吸》）的小生錢小豪，則在二〇一九年七月，來台灣弔祭突然驟逝的「台東書屋」陳爸，而與我有了一面之緣。

而我，也在這段期間，寫了《我們聊齋吧》。

多奇特的人生啊！

15

何謂愛？何謂情？為何人間至愛難覓，必得至花間樹下尋找真愛呢？——人花戀裡的淡淡憂傷

蒲松齡對人花之戀，最動人的故事，莫過於〈蓮香〉與〈香玉〉。

〈蓮香〉這篇，頗有爲牡丹花之別稱「洛陽花」，譜寫動人的由來。而〈香玉〉，則完全是把人與花之間的愛戀，推到極致。看得人心恨恨的，總想人與人之間，何以不如人與花之間，那般愛戀至極呢？

〈香玉〉這故事，不只人花戀，也對姊妹淘之間的感情，姊妹淘應如何處理與姊妹之情人的關係，做了深入的討論。

勞山一座道觀裡，一棵二丈高的耐冬樹（茶樹），大數十圍。還有一棵牡丹高丈餘。

來自膠州的黃姓書生，借讀於道觀。

某日，望見一女郎素衣掩映花間，好奇，道觀裡怎會有倩麗女子？追出去，不見了。

但之後，不時會看到。

於是，有天，他躲在花叢間，想堵堵看。

果然，女郎跟一位紅衣女，豔麗雙絕的走來。

漸漸靠近時，紅衣女突然打住，說：「此處有生人！」（記不記得？鬼狐都有這本領，嗅覺靈敏，可以聞出人的味道。）

黃生站起來，二女返身奔去，「袖群飄拂，香風洋溢」，但追過矮牆後，不見蹤影。黃生無奈，在樹上題了首詩：「無限相思苦，含情對短窗。恐歸沙吒利，何處覓無雙？」

這詩寫得如何呢？

還好。一般般。

但，這不是重點。

重點是，你若戀愛，非得要來點文青的樣子不可。不然，太無趣了。

這詩裡，用了典故。唐朝是重用西域番將（即現在的洋將）的年代，沙吒利便是。他不知情下，搶了韓翊的情人。黃生用這典故，描述他若無法跟這對美女認識，將來若有其他人捷足先登，他必遺憾終生的。

文青有用嗎？

說眞的，談戀愛時，是有點用。

某夜，那女郎出現了。

女郎笑著，本以爲你要性騷擾，「君洶洶似強寇，使人恐怖；」但沒想到，你會寫詩哦！

「不知君乃騷雅士，無妨相見。」看到沒，蒲松齡這位科舉不第的才子，又在意淫啦！爲什麼人家就是要愛你這個寫詩的文青呢？

這女郎自稱「香玉」，被道士閉置山中。

書生當然好奇，那紅衣女呢？

「名絳雪，乃妾義姊。」原來是姊妹淘啊！

於是呢？還有什麼於是？於是兩人就那樣做愛做的事啦！

天明，女子趕忙離開。（是不是？書生若警覺些，就該懷疑啦！）

臨走前，女郎也留下一首詩：「良夜更易盡，朝暾已上窗。願如梁上燕，棲處自成雙。」

寫得好嗎？

不要再問我了！情人眼裡出西施，你管人家詩寫得好不好。至少，人家小倆口，都是「文青掛」啊。

黃生沒事把到一位文青美女，多開心啊！握著她的手，「卿秀外惠中，令人愛而忘死。顧一日之去，如千里之別。卿乘間當來，勿待夜也」。

看，男人戀愛，嘴巴多甜啊！

女生羞答答，當然每夜都來幽會。

日子一久，黃生膽子大了。要她約紅衣女，一塊來。

她則說：「絳姊性殊落落，不似妾情癡也。當從容勸駕，不必過急。」姊她比我難搞，你就不要多想啦。有我還不夠嗎？

天有不測風雲。一夜，女郎啜泣而來。

發生什麼事呢？

再來一段文青式告白。

「佳人已屬沙吒利，義士今無古押衙。」昔日的詩句，竟成讖語！我眞的被沙吒利搶走了，而你這位義士再也保護不了我了。但女郎又說得不清不楚，只是不斷哭泣。黃生，不解。

隔天，黃生聽說，一位從卽墨來的藍氏，看白牡丹美豔絕倫，竟把它給挖走了！

黃生「始悟香玉乃花妖也，悵惋不已」。

又過了幾天，聽說移到藍氏家的牡丹，已枯萎而死。

黃生大哭，「作哭花詩五十首，日日臨穴涕洟」。

眞是「男版林黛玉」啊！

就這樣事情過了一陣子。

某天，他再去白牡丹被挖走的空穴時，竟見那紅衣女郎也在憑弔。他靠近，紅衣女並不閃躲，兩人於是很有默契的面對面啜泣。

黃生牽她手，回到屋內。

紅衣女感謝他，對姊妹的疼愛。

黃生提起昔日拜託香玉請她一塊相聚的往事。

紅衣女回：「妾以年少書生，什九薄倖；不知君固至情人也。然妾與君交，以情不以淫。若晝夜狎暱，則妾所不能矣。」看來，紅衣女成熟多了，閱人多矣！知道這些書生年少輕狂，自以為都是賈寶玉。但沒想到，他卻是個有心人。但她還是事先聲明，她只能跟黃生「談情不上床」，否則對不起逝去的姊妹。

說完，要走。但黃生留她，說香玉不在了，他寢食俱廢，妳多留一會，可以聊天解憂。

紅衣女當夜留宿，但什麼也沒發生。

隔了好幾天，女郎都未出現。

黃生輾轉難眠，心有所感，再寫了首詩：「山院黃昏雨，垂簾坐小窗。相思人不見，中夜淚雙雙。」

突然，（多嘴一下，眞的，會寫詩，把妹眞的好用！）窗外有人說，寫詩怎麼能不跟你唱和呢？

絳雪出現了。

她也吟詩一首，「連袂人何處？孤燈照晚窗。空山人一個，對影自成雙。」黃生一聽又哭了。

他抱怨絳雪不常來。

絳雪說：「妾不能如香玉之熱，但可少慰君寂寞耳。」

男生嘛，既然你可以「安慰」我的寂寞，當然立刻心猿意馬，動手動腳了。但，紅衣女眞是有原則啊，說不可以，就是不可以。

她說：「相見之歡，何必在此。」

見面聊天就好，何必一定要怎樣呢？

女人啊，眞是不了解男人啊！

但還好，黃生畢竟還是跟我一樣，憐香惜玉，懂得尊重。於是，兩人就開始了一段，無聊時聚聚，喝酒聊天作詩，文青式的交往。

黃生自己做了評論：「香玉吾愛妻，絳雪吾良友也。」

黃生因爲有了香玉的前車之鑑，屢屢追問絳雪，妳到底是園中哪一朵花？告訴我。但絳雪總是一笑帶過。

二月的某天，黃生夢見絳雪哭訴，快來救我，不然來不急了。

黃生醒來，趕忙趕到園中。原來道士要重修道觀，嫌那株耐冬樹妨礙，要砍了它。

黃生全力阻擋，總算保住。

入夜，絳雪來致謝。

黃生笑著調侃她，以前不講是哪朵花，差點遭到不測。如今知道她是耐冬了，以後再不出現，他就拿艾柱去燙她。女生回他，就是知道他會去騷擾她，才不告訴他啊。

兩人一陣談笑後，雙雙前去香玉遺留的凹穴處，臨穴洒涕。

又隔了幾天，絳雪跑來報喜訊。

花神感念黃生的癡情，要讓香玉在道觀中復活。

但不知是何時。

終於，有一夜，香玉來了。

她一手握黃生，一手握絳雪，哽咽不已。但黃生總覺得怪怪的，「生把之覺虛，如手自握」。

懂這描述嗎？很簡單。

鬼片，或靈異片，不是常有類似畫面嗎？

靈魂沒有實體，僅有虛像。你若看到她，伸手觸及，的確一片虛空。很像雷射光打出的影像，看起來很眞實，你卻可以穿透它。

不覺得蒲松齡很厲害嗎？竟可以憑空虛構出這種畫面！

香玉垂淚解釋：「昔，妾花之神，故凝；今，妾花之鬼，故散也。今雖相聚，勿以爲眞，但作夢寐觀可耳。」

有趣，有趣。

原來，花妖也會死哦！

跟人一樣，活著，實體。死了，消散。

雖然香玉出現，但終究是一虛像。黃生悒悒不樂。

香玉教他一個祕方，「君以白蘞屑（中藥材），少雜硫磺，日酹妾一杯水，明年此日報君恩。」應該是一種有機肥料的概念。

黃生照做了。果然，道觀裡，牡丹又萌生了。

黃生從此細加照料，還特地圍了柵欄保護。

黃生想要把這株牡丹移置家中，香玉曰不可，接著她講了一段，我認爲是種花種樹要成功，乃至於感情要成功，非常關鍵的要訣：「妾弱質，不堪復戕。且物生各有定處，妾來原不擬生君家，違之反促年壽。但相憐好，合好自有日耳。」每個人自有天性，不必強要改變。只要互相疼惜，體貼，即可。

黃生還是抱怨絳雪都不出現。

香玉便帶他到耐冬樹下。找了根草莖，以手掌當度量，測量樹的高度。到大約四尺六寸附近，「按其處，使生以兩爪齊搔之，俄見絳雪從背後出」。

原來那是絳雪的胳肢窩哦！

絳雪被打擾，並未生氣。香玉拜託她，只要多陪伴一年即可。一年後就不再打攪了。

這一年當中，黃生百般呵護牡丹。

「次年四月至宮，則花一朵，含苞未放；方流連間，花搖搖欲拆；少時已開，花大如盤，儼然有小美人坐蕊中，裁三四指許；轉瞬飄然欲下，則香玉也。」

哇，這段特效奇佳！

花苞慢慢綻放，花蕊變小美人，漸漸放大。等花飄落地，竟然就是香玉美人的浮現了。

眞有想像力啊！蒲松齡老哥。

香玉再現，且是實體。當然與黃生日夜廝守，夜夜春宵苦短。

但這時，突然插入一段「後生妻卒，遂入山，不復歸」。

黃生有妻子?!怎麼之前連提也不提呢？

香玉乃花妖，不與人爭，也便罷了，怎麼黃太太亦不吭聲呢？她不知道惱公在外有女人嗎？

而且還是妖妖嬈嬈的花妖呢！

太座一死，黃生更沒顧忌了。乾脆搬進山裡，從此不再下山。

他常跟香玉指著牡丹花說，以後我死了，就埋在這裡，陪妳左右吧！（牡丹花下死，做鬼也風流！）

再過十餘年，黃生病重。他兒子趕來探望，哭哭啼啼。

黃生安慰他：「此我生期，非死期也，何哀爲！」

找到眞愛，其死也生啊！感動。

黃生對道觀道士交代：「他日牡丹下有赤芽怒生，一放五葉者，卽我也。」說完便不再言語了。兒子送他回家，到家便過世了。

次年，果然牡丹花下，肥芽突出，葉如其數。道士驚訝，於是殷勤照顧。

三年後，這肥芽長到數尺高，但奇怪得很，就是不開花。（男的嘛！怎麼開花？）

可惜，老道士亡故後，他的弟子不知愛惜，砍掉這肥芽，很怪，旁邊的白牡丹，亦隨之枯萎。沒多久，連耐冬樹也死了。

這個人與花妖的戀情，看似平淡，沒有什麼妖魔鬼怪，魔法幻術，卻平淡中帶有絲絲憂傷。人癡情，花亦癡情。

耐冬與白牡丹的姊妹情誼，尤其堅貞動人。絳雪的進退得宜，保全了黃生成爲「人間癡情男」的美名，亦爲此後的姊妹淘之間，提示了如何不因男人的糾葛，而能維持永恆情誼，做了最佳示範。

讀完這故事，我心頭竟淡淡不捨。

人間自是有情癡，此恨非關風與月。

黃生死，香玉枯萎，絳雪凋零。人花之間，曾經美好的記憶，被蒲松齡留下了。

16

活著，若無生死別離，無痛無哀，一定好嗎？〈神女〉告訴了我們，為愛放棄永生，值得

人生有些記憶，是很獨特的。專屬於自己，而非其他人所能分享。感情的選擇，也是。我記憶過某些電影，未必賣座，但我心撼動。

看過一部電影，在美國並不賣座，在歐洲票房不壞。片名《時空英豪》（*Highlander*）。高地人？沒錯，故事背景拉到歷史跟山脈同樣曲折的蘇格蘭。

男主角克里斯多福．藍伯特，不是非常紅，卻也還不錯。他是法裔活躍於好萊塢的演員。眼神深邃，適合角色性格複雜的戲路。

他的前妻是很有風格的美女演員黛安．蓮恩，有印象嗎？美少女時期，拍過《情定日落橋》，美到不行。後來，浮浮沉沉，但也不差。中年以後，拍過《托斯卡尼豔陽下》，還以《出軌》獲得奧斯卡提名。

爲什麼提到這兩位演員呢？

一則，由於藍伯特，想到美女黛安．蓮恩。

二則，《聊齋》的〈神女〉，讓我老是想到《時空英豪》的類似。

穿越時空的英豪，他是永遠不死的神人。但這樣，快樂嗎？

他愛的每位凡人都生老病死，唯獨他永遠年輕模樣。他只能看著動心過的凡人，一個個老死於他懷中。他是孤獨的。最後，他爲了一個女人，決心放棄神人不死的特權，做個凡人，好好愛一場。

《聊齋》裡的〈神女〉，類似。

〈神女〉，可不是「神女生涯原是夢」的神女哦！

神女，可是非人非鬼非妖非狐的神仙姊姊。

米姓男子，閩人。

喝了酒，經過市街。

聽到豪宅之內，簫鼓喧囂。

他好奇，問街坊。都說在祝壽，但看不出有什麼客人。

米生帶著酒意，上門拜訪。

過一會，兩位衣著華麗，風采都雅的少年來迎接。

米生進去，見一老叟坐尊位，客人不多，六七人而已，但都貴胄世家模樣，且彬彬有禮。

米生被款待得非常周到。兩位少年「各以巨杯勸客，杯可容三斗，生有難色；然見客受，亦受」。

一斗爲十升，一升約莫200cc，三斗？光是看，也醉倒了吧！

難怪，米生面有難色，一喝，就掛了啊！「生不得已，亦強盡之。少年復斟（還來啊！），生覺憊甚（不行了！），起而告退。少年強挽其裾。生大醉邊地（醉倒在地）。」糗吧！自找的。別人的壽宴，又沒請你，你好奇跑去，別人敬酒，怎能不喝呢？醉倒。應該。

醉中，米生只覺得有人冷水潑面，醒來，宴會結束，主人送客了。

隔幾日，米生再經過那宅院，那戶人家已經遷走了。

再隔幾日，發生一件奇事、奇案。

米生途徑街頭，有陌生人從酒肆中叫他，那人自稱姓諸，在座的還有一位同里的鮑莊。姓諸的，以磨鏡爲業，提及米生醉酒當晚，人亦在現場。他告訴米生，做壽的老叟姓傅，但不知哪裡來，居何官。

三人萍水相逢，喝酒聊天。散去。

沒想到，那位鮑莊當夜分手後，竟重傷死在路上！

鮑莊父親不認識姓諸的，只知道米生，遂到衙門告了他。衙門以謀殺罪論處。但由於沒找到諸姓男子，又沒旁證，因而暫押在牢裡。一押，押了一年多。

案子上訴，由於實在沒有證據，判他無罪。但家中已因這場官司，田產蕩盡。且「衣巾革遞」，革了他考試的資格，米生希望能夠恢復，便攜帶行囊到郡裡找機會。

落魄倒楣的米生，走在街頭。

一輛小車擦身而過。車子乍停，隨車僕役，被交代幾句後，過來問他是否姓米。再問他怎麼如此落魄。他一一解釋了。

僕役請他上前，跟車內人講話。

「車中以纖手搴簾，微睨之，絕代佳人也。」美女耶！

美女說，聽到你的際遇令人嘆息。今天學使（管教育的官員）在官署中，你去看他，但不宜空手，我又匆忙出門，沒帶什麼可以送你，不如，說著，車中美女從髮髻上取下珠花一朵，「此物可以鬻百金，請緘藏之」。哇，眞走狗運啊！美女，還送一朵貼身珍貴首飾，值百兩呢！說完，揮一揮衣袖，走了。

米生連佳人是誰，都不知道。

米生到了官署，果然「上下勒索甚苦」（蒲松齡的官場評論）。但米生「出花展視，不忍置去，遂歸」。

這篇故事的關鍵線索出來了。

美女送他珠花，就是要幫窮書生湊錢。窮書生有骨氣，喜歡珠花，不忍典當，乾脆回家吧！

這是以後故事轉折的線索。

還好，米生的兄嫂，不是勢利眼，負責照顧他的生活。又過了一年，米生去外地應考童子試。

正值清明節，街頭熱鬧。他走著走著，突然幾個女子騎馬過來，其中一女，就是那年車中的美女。看到米生，停下打招呼。問他：「君衣頂尚未復耶？」米生面帶愧色，從衣服裡拿出珠花，「不忍棄此，故猶童子也」。不忍心賣它換錢，所以還是一位童子生啊！

你要注意細節哦！

如果你是那好心的美女，幫助這位你印象不錯的書生，沒想到，幾年後巧遇，問他近況，他竟然立刻從身上拿出你送他的珠花（可見隨時帶著），還說不忍賣掉它，寧可落魄（把它看得比功名還值得），你說你不感動嗎？

果然，「女郎暈紅上頰」。哦，有淡淡的曖昧嘍！

不一會兒，有一婢女趕來。說小姐交代，送他白金兩百，做爲讀書進取之用。

米生當然不好意思，但婢女留下包裹，即走。

但米生生性耿介，不喜夤緣攀附，最終還是靠自己的努力，在邑庠拿了第一。而那二百金，他拿給哥哥經商，很快，他們便恢復了官司之前的家業。

這時，閩中的新任巡撫，是米生祖父的學生，對米生一家相當照顧。可是米生的耿直，一以貫之，並未因此而特別與巡撫往來。

某日，傅家公子突然來訪。一見米生，即匍伏在地，拜託他，爲了老叟去跟撫臺大人求情。

書生本色的米生，不肯。

過幾天，他曾經見過的，贈他珠花的女郎的隨身僕役現身，告訴他，日前來懇託的公子，是女郎胞兄。

米生要求跟女郎一見。

女郎一進門，便向壁而哭。她說了段非常人性的話，「受人求者常驕人，求人者常畏人。中夜奔波，生平何解此苦，祇以畏人故耳，亦復何言！」夠委屈吧！大小姐·枚，從不求人，如今爲老父，給你下跪，求你了！

米生克制平日的害羞，試探性的親暱碰觸。

女子大怒。「子誠敝人也！不念疇昔之義，而欲乘人之危。予過矣！予過矣！」你這傢伙啊！我眞是看錯人了，竟是個乘人之危的壞傢伙！

罵完，掉頭就走。

米生追出去，苦苦哀求，道歉。

女子息怒後，才告訴他，「妾非人，乃神女也」。父親得罪地官，被告罪於天帝。需要米生去找地方巡撫大員，開「黃紙一幅」爲他父親脫罪。

米生隔日眞的去求巡撫了。（愛情的力量，小卒也會變英雄！）

書生畢竟是書生，他竟照實講原委！請問，哪個官員不會覺得你神經病吧？講得那麼玄！

「巡撫謂其事近巫蠱，不許。」

米生花錢買通巡撫心腹，亦無所獲。

女子的僕役來探聽進度。米生慚愧。僕役認爲他只是推託，憤而離去。米生攔住他，發誓：

「歸語娘子：如事不諧，我以身殉之！」辦不成，我死給妳看！

誓是發了，但他苦思幾日，不知從何處著手。

正巧，巡撫有一寵妾，要買珠寶。米生把珠花送上。寵妾大喜，偷了巡撫的大印，替他辦成這事。

他告訴女子的僕役，這珠花他再怎麼貧困，都不曾賣掉。沒想到，今日卻因爲要幫助珠花的主人，而失去了！無論如何，「黃金拋置，我都不惜。寄語娘子：珠花須要償也！」

過幾天，傅公子攜帶黃金百兩登門致謝。

米生拒絕了，他說：「所以然者，爲令妹之惠我無私耳；不然，即萬金豈足以易名節哉！」我是爲你那美麗的妹妹啊，我哪裡是在乎黃金的人！

再過幾天，女子的僕役，攜帶明珠百顆，要用來彌補珠花的失去。

米生又說了段感人肺腑的話：「重花者，非貴珠也。設當日贈我萬鎰之寶（貴重的寶物），直須賣作富家翁耳，什襲而甘貧賤，何爲乎？（當日你們若贈我寶物，我拿去賣了，不就是個富翁了嗎？但我爲何不賣珠花，你們知道嗎？）」

來了，米生的心願來了。

「娘子神人，小生何敢他望，幸得報宏恩於萬一，死無憾矣！」說得多感人！我不要富貴，不要功名，只要能得到美女的青睞，哪怕一天也好，死而無憾！

僕役聽完，留下明珠要走。米生對百顆明珠彎腰拜了拜，堅持要僕役拿走。

又過了幾天，傅公子再來，與米生歡談飲酒。

突然，他說要爲米生作媒，把妹妹嫁給他。米生大喜，「喜懼非常，不知所對」，太開心了，心願達陣。但娶到神女，非一般美女，還是怕怕啊！

神女是娶到了，日子幸福美滿。然而，神女不孕！（合理，不然怎麼定位孩子是人是神？若半人半神，豈不變成人馬座？）

神女勸他納妾，他不肯。

他的哥哥自作主張，爲弟弟從江淮一地，買了一個小妾回來。姓顧，小字博士。貌清秀。米生夫婦印象很好。

小妾髮髻上插著珠花，怎麼看都眼熟。問她，她說一位巡撫的愛妾過世後，丫鬟偷偷盜賣，被小妾的親人買走。親人再交給小妾。這對夫妻仔細把玩，果然是昔日的珠花。夫婦遂感歎：「十年之物，復歸故主，豈非數哉！」（不是冥冥中自有定數嗎？）

這神女太座，再取出另一朵珠花，配成一對，送給這美麗小妾。

這小妾厲害。她在大老婆爲她簪花時，留意到「非人間人也，其眉宇間有神氣。昨簪花時，得近視，其美麗出於肌裏，非若凡人以黑白位置中見長耳」。原來神仙姊姊的美貌，不是一般美女的五官位置適中而已啊！而是發自內裡的一種美啊！

這小妾更聰明的是，她告訴米生，她要用個方法來證實姊姊是神仙。她很愛姊姊手織的襪子，於是夜裡焚香祈禱希望擁有。果然，白天，神仙姊姊拿了雙襪子送她。米生笑了，太座問他何故笑？他據實以告，太座回他：「黠哉婢乎！」（這丫頭眞聰明啊！）

三人行？眞的行！小妾爲米家生了兩個兒子。

米生八十歲時，神仙太座依舊是昔日年輕的面容。

米生病危，太座爲他治棺木，「令寬大倍於尋常」，這棺木比尋常人的還寬大兩倍。

爲何呢？請看。

米生死時，神女不哭。

當家人都在忙喪事時，神女躺入棺內，隨卽逝去。（懂了吧？陪他死。）

家人合葬他們。

世人稱之爲「大家家」！

這是一個癡情的人神之戀。

不死之神被肉身凡人感動，嫁給他，過一輩子。凡人會老，神人不老！但既然所愛之人，已經故去，自己長生不死，有何意義呢？

那不是眞的像李商隱詩裡，偷長生不死藥的嫦娥一樣嗎？

「嫦娥應悔偷靈藥，碧海青天夜夜心。」

還不如生老病死，不滿百年，但有愛有癡有憎有怨，來得好吧！

蒲松靈寫了一個神人爲愛，但求一死的平凡故事。竟然遙遙呼應了，幾百年後，好萊塢一部電影《時空英豪》！

17

太座，是那銀河系來的織女，要拯救你從一堆死知識中，學會做人做事的活智慧，懂嗎？——蒲松齡在〈書癡〉裡給男人的提醒

詩人羅智成曾經以「鬼雨書院」，這樣生動的詞彙來描述文學院，那歷史久遠，古樹森森，老教授與青春學子，鮮明對比，穿梭其間的意象。

多年後，他也寫了一本詩劇《迷宮書店》，更進一步，把人迷戀於知識的迷宮，而後永遠迷失於現實的處境，處理得非常深刻。

人，是可以因爲知識，由於理念，而逃避，或抗拒，或現實的。

我也曾在那棟鬼雨書院裡穿梭過，上課下課，進圖書室找書，見老教授穿過迴廊，看明星老師在斑駁廳堂裡熠熠生輝，當然，還有美麗的女學生蝴蝶一般，掀起古墓的煙塵。我懂「鬼雨書院」的遙遙聯想。

在喧囂的塵世裡，書院，的確是一種隔絕。攔阻了現實的侵擾，留住了歷史積累的分量。書院當然也是隱喻，隱喻了知識的某種超脫現實的存在意義。我們耽溺於知識，耽溺於書本，是深信浮躁的現實，總會由於知識的沉澱，漸漸浮現出眞正的價值。

但如果不會呢？

又如果，沉澱出的人生的價值，反而是必須超脫出書本之外呢？

這個有點形而上的反思，蒲松齡在長年科舉不第的困境中，顯然不是沒有反省過的！他寫了一篇短短的〈書癡〉。

書癡，眞是癡。

彭城人，郎玉柱。

父親曾官至太守。淸廉。官俸從來不置產，只買書，「積書盈屋」。

到了玉柱，「尤癡；家苦貧，無物不鬻，惟父藏書，一卷不忍置」。什麼都可以典當，書，不可以！

他父親曾經手書〈勸學篇〉，玉柱小心呵護，有事沒事便誦讀。

他讀書，並非要期望什麼名利。純粹是相信，書中自有黃金屋，「非為干祿，實信書中真有金粟」。一晃，已二十多歲了，仍單身，問他，他就回答書中自有顏如玉之類的。

他迂腐到什麼程度呢？

真是有病。

每次賓客親人來，他也不懂應對之道，「不知溫涼，三數語後，則誦聲大作，客逡巡自去」。這書生夠迂腐吧！不會跟人家哈拉，聊著聊著，就跟人朗誦起他讀過的書，搞得賓客愈發坐不住。

你說他讀書多嘛，去赴試，偏偏又都不中！

某日，正展卷讀書，突起風，把書卷捲去，他趕忙起身急追，不小心，「踏地陷足。探之，穴有腐草；掘之，乃古人窖粟，朽敗已成糞土。雖不可食，而益信『千鍾』之說不妄，讀益力」。

好玩吧，這書生！

古代士農工商，士的社會地位最高。萬般皆下品，唯有讀書高。這裡，接連用幾個典故，都是書中自有千鐘粟，書中自有黃金屋，書中自有顏如玉的延伸。

再某日，他登梯找書（因爲書堆到屋梁一般高了），「於亂卷中得金輦徑尺，（輦是人力拉抬的車，這大約一尺大小的金輦，算當時的模型車吧！）大喜，以爲『金屋』之驗。出以世人，則鍍金而非眞金」。他失望之餘，不免抱怨古人說什麼書中自有黃金屋之類的，都是誆人。

可是，說來有趣，沒多久，一位與他父親同年考中科舉的朋友，當上觀察這官職，愛好佛學，有人勸郎生，把金輦改成佛龕送給這長輩。長輩一開心，便「贈金三百，馬二匹」。郎生大喜，一改之前的抱怨，認定果然金屋、車馬都眞有那回事啊！

歲月如梭，很快的，郎生三十了。親朋勸他娶妻，他總說：「書中自有顏如玉。」何必憂心沒有妻子呢？

這樣，又過去二三年。

當時民間盛傳，天上的織女私自下凡了。於是，不時有朋友調侃他，織女下凡是來找你的哦！

他知是戲弄，不以爲忤。

某夜，他在讀《漢書》。讀到第八卷時，咦，怎麼書頁中夾著一個紗翦美人（像現在的貼紙美女圖）？書呆子又來了，莫非「書中顏如玉，其以此應之耶」？但想想，也覺得可笑吧！於是有些悵然。

他仔細查看這紗翦美人，栩栩如生。翻過來，背面上竟有細字「織女」！他嚇一跳。（不知誰在惡作劇！）

以後便每天放在書上，有事沒事，拿來看看。

有天，他正在觀看這紗翦美女時，這美女突然折腰起，坐卷上微笑。

見鬼了！他嚇得跪拜在書桌下。起來，偷偷再看（是不是自己剛剛眼花了！），「已盈尺矣」。哇！變大了。他更怕，倒下，再拜。

這回，他看到那美女走下書桌，「下几亭亭，宛然絕代之姝」。（我靠！怎麼出來的都是美女！）

他問，妳是哪個神？

女笑，「妾顏氏，字如玉，君固相知已久。日垂青盼，脫不一至，恐千載下無復有篤信古人者。」我是顏如玉啊！你不是很想我嗎？我再不出現，恐怕以後天下人再也不信古人之言啦！

郎生當然大喜若狂。然後呢？

你說呢？

孤男寡女，男的三十啷噹，處男一枚，好不容易看到絕代佳人，他想幹嘛！

女的，大老遠從銀河系來地球，身為一個「一年一期一會」的織女，她能不飢渴嗎？她不想幹嘛嗎？不想，她留在銀河系，等牛郎就好，不是嗎？

果然，「郎喜，遂與寢處」。

但「然枕席間親愛倍至，而不知為人」。這段文言，字義不深，你應該會懂。但字面後的意義，你未必懂。什麼叫「親愛倍至」？什麼又是「而不知爲人」？

這就是國中生的健康教育課了。

這段話我懂。

我當年就因爲健康教育老師教到那第十三章時，叫我們回家問爸媽。那年頭，老爸老媽，白天拚經濟，晚上累到不成人樣，我哪敢問爸媽啊！

害我，一直拖到不惑之齡，才帶著疑惑，嫁給，噢不，娶到我老婆！

郎生當然開心天上掉下來絕代佳人，上了床，想必摟摟抱抱，又親又舔的。但，他眞不知道「爲人之道」。不是知書達禮的爲人之道，而是，讓女人開心的「爲男人之道」！

但，這裡的伏筆是，蒲松齡並沒告訴讀者，那這位美女呢？她的反應呢？沒有。這叫伏筆嘛！

有了美女，郎生還是日夜讀書，只是有了伴，每次讀書，便要美女坐在一旁。

美女勸他，不要用「讀」的。他不聽。

美女說：「君所以不能騰達者，徒以讀耳，試觀春秋榜上，讀如君者幾人？若不聽，妾行去矣。」你這書呆子，之所以不能飛黃騰達，就因為只是在「讀」書，而不懂活用。你看看每年高中的榜單上，有哪幾個像你這樣？你再不改進，我要走了。

郎生當然跟所有男人一樣啦，太座一念，就好啦好啦，聽命一陣子。一陣子後，故態復萌。於是，幾次之後，美女眞的消失了。

太座在，嫌嘮叨。太座不在呢，「神志喪失，矚而禱之，殊無影迹」。郎生慌了。

郎生靈機一動，找出《漢書》，在發現美女的那一頁，果眞，看到紗翦美女。他再三懇請，美女才姍姍來遲。警告他，再犯，就永遠說再見。

郎生當然發誓。

美女便教郎生，下棋，玩樗蒲（一種跟棋類似的消遣遊戲），但郎生還是趁美女不注意之際，偷偷讀書。

終於，還是不小心被發現。

美女氣得再度消失。

郎生再度從《漢書》裡找回她。再次發重誓，「矢不復讀」。

這回，美女馴夫有術了。
她要求，三天之內，下棋若不能贏我，我就走。
郎生畢竟不笨。第三天，竟贏了美女。
女乃喜。「授以絃索，（彈琴）限五日工一曲」，不然，就走。
這招厲害。彈琴，要眼手協調並用。郎生一旦專注，根本無暇他顧。「久之，隨指應節，（指頭跟著節拍）不覺鼓舞。（愈彈愈嗨了）」
美女又鼓勵他多出門，現在的郎生是下棋高手，又可以彈琴，因而「由此倜儻之名暴著」。
成爲名士啦，郎生。

某夜，郎生問美女，「凡人男女同居則生子；今與卿居久，何不然也？」笨蛋，現在才來問！人家美女等很久啦！
女笑曰（我猜是帶著邪邪的笑意）：「君日讀書，妾固謂無益。今即夫婦一章，尚未了悟，枕席二字有工夫。」郎驚問：「何工夫？」我就告訴你這書呆子啦，整日讀死書。連健康教育第十三章，夫婦章，男女生殖篇，都不懂。床上，是講究工夫的！什麼工夫？

美女，「笑不言」。過一會，（顯然是拉惱公上了床，脫了衣），「潛迎就之。郎樂極，曰：我不意夫婦之樂，有不可言傳者。」

文言文，字句精簡，未必沒有其精采處。

看這「潛迎就之」四個字，多巧！

潛，可以解釋成，潛下水，床上哪有水？笨哪！隱喻嘛！當然是，潛在下半身，潛在被窩裡。

迎就之，可以連在一起理解。迎什麼呢？廢話，當然是迎接惱公的那個東西啊！

用什麼迎呢？

欸，這也要問，你眞的要去找一部A片看看了！日本的，美國的，皆可。

反正，就是美女教這書呆子，上了一堂男女親密關係的最終達陣課！郎生爽呆了。

過了八九個月，美女生了男孩。

好景不常。畢竟，美女來歷是有問題。

她跟郎生說，她該走了，不然會替郎家惹禍。郎生不捨，美女亦爲小寶寶不捨。她要求，郎生要散盡藏書。但郎生不肯。美女感嘆，這是宿命啊！遂不強求。

由於美女來歷不明，又豔冠群芳。聲名遠播。終於傳到邑宰史公的耳裡。他動用權力，要一睹美女風姿。美女躲藏不見。史公一怒，收押了郎生。並派人到郎家搜捕。差役到了郎家，見滿屋藏書，多不勝搜，乾脆一把火燒了。（千古鐵律，書在不識貨的人眼裡，不啻廢紙！）

郎生獲釋（畢竟沒犯罪啊！），非常氣憤。日夜苦讀。隔年，考中進士。他晝夜祈禱美女保祐，讓他回故鄉當官，報仇雪恨。後果然當了閩省巡撫。他蒐羅史公的惡行，抄其家。

案子結束。他無心當官。自行彈劾自己的錯（公報私仇），回歸故里。

這故事，重點在讀書，讀活書，還是讀死書。

讀萬卷書，若不行萬里路，還是死知識。

盡信書，不如無書，說的也是這道理。

美女從天而降，教這笨書生的，不就是人倫日常的智慧嗎？這些不懂，讀書何用？

蒲松齡寫這故事，多少是在發抒他心中的不平吧！

書要活讀，活用，堆在那，不啻一堆廢紙。

我們愛書的人，應該要懂這死知識與活智慧的差別。

下次，你太座要你清一清書房堆積如山的藏書時，你若不爽，趕緊讀這篇〈書癡〉。你會知道，太座永遠是對的！

太座就是那銀河系來的織女，要你清除死知識，回到人間，學習活智慧！懂嗎？死書呆子！把書整理整理，賣給二手書店，請太座吃喝一頓，順便相互切磋一下，「枕席二字有工夫」的工夫吧！這可是活知識啊！

18

蒲松齡要替女道士形象翻案！但我，卻老是想到「唐朝豪放女」夏文汐，噢不，魚玄機！

在野史，或筆記小說中，女道士形象，很有爭議性。明清小說，談及女道士，亦難逃這些刻板印象。

當然，有歷史因素，例如：唐朝是道教風行的年代，道觀不僅文人雅士愛去喝茶聊天談學問；而唐朝兩性關係相對開放，女子選擇道觀出家，以逃避婚姻枷鎖，或享受自在生活，更促成了道觀內，女性形象的「豪放化」。文人雅士亦湊上一腳，與女道士的賦詩唱和，尤其被美化，或浪漫化。

史上最受矚目的女道士，應屬唐朝魚玄機吧！她多美？無圖可考。

但她留下詩作，留下不少野史的浪漫傳說。

她那兩句「易求無價寶，難得有情郎」，對沐浴愛河的情侶，絕對眞理。因爲她太有名，女道士的形象，「被魚玄機化」亦也不可避免了。

昔日一部電影《唐朝豪放女》，請來港星夏文汐，她優雅顏質，大膽露出，的確把一個有才情，有個性的唐朝女子，詮釋生動。從此「唐朝女」必「豪放」，幾成定論。

但，女道士的豪放，還可以從社會經濟的角度來分析。

會進入道觀的女道士，不外乎兩類。

一是家境貧困，養不起女兒，從小送進道觀。或，成年女性自己選擇入道觀，在道觀裡，她們學會讀書識字，灑掃應對。長相秀美者，甚至會被刻意栽培，扮演道觀對外的形象大使。

二是，唐朝起，不少富家女，甚至皇室王公之女，選擇入道觀短期修行。有的別有意圖，如太平公主逃婚，有的則是要享樂生活。她們不僅成道觀的招牌，尤其是道觀的經濟來源大宗，道觀當然不至於干涉她們私生活，或人際交往。

不管是哪一種，道觀，尤其是都邑內，或近郊的道觀，都是該地文人雅士、富商豪門、大家閨秀，愛去遊玩，賞景，齋戒的地方。道士，女道士，自然要懂人情世故，應酬往來了。修行之人，過分世俗化，導致外界議論紛紛，形象爭議，隨著時間推移，以訛傳訛，積非成是，不足爲奇！

不僅歷史上的女道士，因爲魚玄機而被豪放化。卽便現代商業電影，出現女道士頗多的香港電影，亦把女道士刻意「丑角化」，像吳君如、石榴姐等扮演的女道士，不是插科打諢，便是以醜以笨，以配角呈現。實在扭曲了女道士的一般形象。

或許，女道士的形象，眞的被扭曲嚴重吧！蒲松齡難得寫了篇，與鬼，與神，與狐無關的〈陳雲棲〉。講命中注定，一位家境富裕的書生，眞毓生，小時，算命的，算他日後「當娶女道士爲妻」。家人都認爲是笑話。

當他長大，去外祖母家探望，聽說當地有個呂祖菴，菴中女道士皆美。他，竟然就去拜訪了！（豈非命中注定！）

這菴遠近聞名，「黃州『四雲』，少者無倫」。爲何四朵雲呢？爲何「少」者無倫呢？

一朵雲，白雲深，年三十許。二朵雲，盛雲眠，二十出頭。三朵雲，梁雲棟，二十有四。四朵雲，陳雲棲，最小。眞小生一見她，「曠世眞無其儔，心好而目注之」。就是猛盯著她看啦！

但女生呢？「以手支頤，但他顧」。手撐著下巴，眼神往別的地方看，一副「你不是我的菜」模樣。

確實，眞小生後來幾度拜訪，陳雲棲都不出現。

反倒其他兩位，白雲深、梁雲棟興致很高，又是邀他飲酒，又是喝茶的。而且很會吊他胃口。每當眞小生坐不住了，要走，她們便揚聲，你再坐一會，你再喝幾杯，雲棲就來啦！

搞得眞小生非常無奈。但又何奈呢？誰叫他，那麼尬意陳雲棲啊！

道觀裡，問題多嚴重？

蒲松齡如實描繪了。白雲深、梁雲棟兩人拚命勸酒，眞小生最後佯裝醉了，「兩人代裸之，迭就淫焉。終夜不堪其擾」。這兩位女道士，就代爲脫衣赤裸，跟他那個那個了，搞得小生不堪其擾。

一大早，他趕緊離開，連續多日不敢再去。

但他實在想念雲棲，於是藏在道觀門外，伺機而動。有天，機會來了，白雲深出門，小生比較不怕梁雲棟，便大膽敲門。運氣好，應門的是盛雲眠。盛引他去見雲棲。

站在窗外，雲棲對他說：「人皆以妾爲餌，釣君也。頻來，身命殆矣。」她們以我爲餌，要釣你這條大魚，不要上當，不要再來了。

她還表態「妾不能終守清規，亦不敢遂乖廉恥，欲得如潘郎者事之耳」。我就算最終不能守住清規，也不致於毫無廉恥心，隨便期待類似潘郎與妙常那樣的韻事啊！（暗示性很強哦！）

爲何說這話有暗示？

有典故的。

明代有一齣才子佳人大戲《玉簪記》，講南宋時期，書生潘必正與道姑陳妙常的姻緣。兩人道觀相遇，互相傾慕，私訂終身，後來幾經風雨，終於有情人終成眷屬。

爲何雲棲會引這典故？因爲眞小生第一次見到她，聽她姓陳，讀書很多的小生，立馬想到

《玉簪記》的故事，於是遂自稱「奇矣！小生適姓潘」真巧啊，我剛好姓潘！當時陳雲棲就臉紅耳赤，表示她聽懂了挑逗之意。難怪，後來幾次小生來訪，她都不肯出面，不好意思啊！

眞小生當然明白，陳雲棲的心意，她並非隨便之人。要，就要明媒正娶。

她開出了條件。以二十金贖身，她會等候三年。

小生答應了。匆忙返家。不料，父病驟逝，當然不好談這婚事。而母親家教很嚴，他更不敢提要娶女道士的事。

故事講到這，各位應該已經明白，女道士何以在一般富貴人家眼裡，形象不佳了。

眞小生只能暗地裡偷偷的存錢。過了一陣子，他藉口外祖母曾經要幫他配婚，再度前往道觀。誰知，「院宇荒涼」！才知道老道士過世，四雲星散。雲棲不知下落。眞小生傷心難過，四處打聽。

眞媽媽後來得知兒子騙她，很生氣。

某日，眞媽媽上山還願，住宿當夜，店家送來一位女道士，同舍共宿。兩人聊得投緣，女道士自稱陳雲棲（巧吧！），但眞媽媽哪裡會知道她跟自己兒子的關係呢？但雲棲知道眞媽媽的故鄉後，託她向「表哥潘生傳話」，說自己目前在師叔王道成那。

眞媽媽回家後，跟兒子聊起這事，怎知，兒子立刻跪下，承認「潘生就是我！」

母親大怒：「不肖兒！宣淫寺觀，以道士爲婦，何顏見親賓乎！」

以德治國，以孝持家的社會，父親不在，母親最大。兒子能怎樣？

之後，又是一陣混亂。

眞媽媽回娘家奔喪。途經妹妹家，見一美少女，很想介紹給自己兒子。她妹妹說對方父母雙亡，暫時借住。眞媽媽親自跟美少女聊天，愈聊愈投機。建議她跟自己回家住一陣子。

到了家。眞小生隔床偷看，驚爲天人。又想與雲棲的三年之約，早已過去。雲棲亦不知人在何處，天涯茫茫，不如靠岸吧！

誰知，眞媽媽跟美少女談這聯姻構想時，美少女說曾經答應潘氏婚約，若他還單身，自己必須守約。若他已婚，當然可以考慮嫁給眞小生。

這時，好玩了！

這眞媽媽心想，眞是見鬼了，怎麼又來一位女生，要找潘先生？
她告訴美少女，上次這次都找潘先生，但此地確實沒有潘姓大戶人家啊！
美少女才驚訝，原來之前在山下住宿時，同宿的是眞媽媽?!眞媽媽亦才知道，那女道士竟是眼前的美少女?!
驚訝，驚訝，太驚訝！
我是說我啦！
有沒有換上女道士的制服，會差那麼多嗎？眞媽媽認不出來？
眞媽媽總是原來模樣吧！女道士陳雲棲，自己可以變身美少女，但她認不出眞媽媽？

毫無疑問，這是作者蒲松齡的敗筆！
但，算了，不跟他計較，反正他也作古多年了。
這時，眞媽媽才去把兒子叫出來，兩人相認。「則潘生固在此矣。」
這時，眞媽媽反倒完全不在乎，兒子要娶的是曾經當過女道士的陳雲棲了！
看看，「偏見」這玩意，是不是很諷刺？

好，按理講，兒子如願娶了女道士，這女道士還俗，本姓王。眞媽媽也當成寶貝一樣疼愛。幸福美滿，故事應該結束了吧！

噢不，還沒。

這陳雲棲美則美矣，溫柔可人亦沒問題。但，她，偏偏不善處理家務！

如今這年代少子化，個個是寶。不會料理家務，很合理啊！而且，女兒要「嬌著養」，已成定論，不是嗎？人家美女不嫌你兒子不會家務事，不嫌你兒子請不起外傭，你就很阿彌陀佛了。你，還敢嫌人家美女不做家務？

但千萬不要忘記，蒲松齡的故事，發生在清朝。女子無才便是德。男主外，女主內，是社會共識的年代啊！

怎麼辦呢？

蒲松齡在跟我們談「際遇」。

有些人，際遇是天注定的。

嫁作富家新娘的陳雲棲，某日搭船巧遇盛雲眠。道觀裡，跟她最好的姊妹淘。雲眠羨慕她與意中人天作之合，雲棲則在想，怎麼幫仍四處流浪的雲眠，找一條出路。

突然，她靈光一閃。

帶雲眠回家，佯稱是姊姊。眞媽媽一見如故，雲眠又應對得體，兩人成了好友。雲眠甚至可以在眞媽媽意念所及之前，先把事情安排妥當，眞媽媽更是覺得沒有她不行！

眞媽媽主動對媳婦說起自己的盤算，留雲眠長住下來。

陳雲棲乾脆建議，「母既愛之，新婦欲效英、皇，何如？」歷史傳說，堯把兩個女兒娥皇、女英嫁給舜爲妻。

眞媽媽含笑不語。

陳雲棲趕忙通知老公，你老媽同意啦。

而盛雲眠則但求陪伴老人家，並無其他念頭。

可是做妹妹的堅持。於是，眞小生運氣眞好，又娶了一位美女道士！

洞房花燭夜，雲眠告訴眞小生：「妾乃二十三歲處女也。生猶未信，既而落紅殷褥，始奇之。」這段文字、意境皆好。眞小生爲何不信？因爲他在道觀裡看過其他女道士的淫亂。

但爲何蒲松齡要寫這段？他顯然要替道觀裡，出汙泥而不染的女道士們講幾句公道話。

這對姊妹淘，感情眞好。

雲眠不願鳩占鵲巢，但雲棲卻積極製造惱公與雲眠夜宿的機會。（這老婆眞好！）

雲眠的長處，在於持家，「自得盛，經理井井，晝日無事」。眞媽媽多開心啊！「兒父在時，亦未能有此樂也。」

眞媽媽這時感歎：「我初不欲爲兒娶一道士，今竟得兩矣。」

這故事好玩在，人的際遇，眞有天注定這事嗎？

另外也在於，女道士的社會觀感顯然不佳。但，蒲松齡不願一刀切的看待人性，有好有壞，要看個案，應該是他歷練人生後，最大的體悟。

就像科學官場，考上的，未必眞才實學，未考上的，也多江湖人傑，怎麼能一概而論呢？〈陳雲棲〉這位善良，懂得自保的女道士，足以一掃魚玄機以來，女道士的淫蕩刻板！

只是，陳雲棲究竟多美？我無法想像，腦海中，浮現的，都是「唐朝豪放女」夏文汐！

19

想出滿清十大酷刑的，算人嗎？蒲松齡寫出〈席方平〉孝子救父，控訴了嚴刑拷打的刑求文化！

現代司法最大的進步，無疑是確立證據主義，絕不把自白當唯一判罪的依據。甚至，可以在強烈質疑自白可能非法取供的前提下，判決當事人無罪。

這是保障人權非常大的突破。

否則，動輒「用刑逼供」，或「大刑伺候」，取得自白，勢必泛濫。華人熟知的「包青天傳奇」，即便再怎麼青天，他慣用的「狗頭鍘」、動不動大刑伺候的威嚇，仍然是非常東方式的落伍觀念。

流弊所及，便是我們常說的「滿清十大酷刑」等殘忍用刑。

香港豔星翁虹拍過一部賣座的《滿清十大酷刑》。可惜的是，片子太過重視情色渲染，反而使得「酷刑」的嚴肅本質，被忽略了。

酷刑的嚴肅本質是什麼？

是它激化了人性的陰暗面，它讓複雜糾結的案情偵辦，一下子由於酷刑的方便使用，而造成「屈打成招」。不但，眞相不可得，反倒製造了更多冤屈！

清朝後期，所謂「四大奇案」，個個都牽涉到屈打成招的冤案。翁虹那部《滿清十大酷刑》，是以「楊乃武與小白菜」的冤獄爲故事背景。

簡單說，楊乃武與小白菜頗有私情是眞，但謀殺犯罪則是假，卻在官場貪污，官官相護下，被屈打成招，判處死刑。

案子不斷喊冤上訴，四年多之後，終於被平反。

但楊乃武的科舉功名被廢，雙腿歷經酷刑不良於行，晚景淒涼。小白菜則出家，青燈相伴度過餘生。

一場無妄之災，皆因爲司法黑暗，酷刑逼供！

蒲松齡身爲科舉不第，幕府生涯長久的落魄書生，他絕對很了解這些黑暗面。
他爲了寫《聊齋》，長期蒐羅資料，市井小民的心聲，肯定接觸很多。
又因爲，他不是官場得意之人，對民間疾苦的感同身受，自然也跟科場得意者，大異其趣。

這種心態，表現於《聊齋》的，便是不少篇章，揭露了官場黑暗，司法不公，草菅人命的眞相。

想看「賄賂公堂」？
想看「嚴刑逼供」？
想看「十大酷刑」？
想看「人性善良」？
這篇〈席方平〉非看不可！

席方平，父親席廉，性格憨拙，不知怎麼，得罪了鄉里中的羊姓富人。
羊姓富人過世幾年後，突然某日，席廉病危，他對家人說了很奇怪的話：「羊某今賄囑冥使搒我矣。」說完，全身腫脹，淒厲嚎叫而死。

孝子席方平非常悲傷，「我父樸訥，今見凌於強鬼（被強鬼霸凌）；我將赴地下，代申冤氣耳」。

他不去也罷，一去，將是一段悲慘歷程的開始。

以前老戲碼裡有〈目蓮救母〉，孝子下到陰曹地府救母親。如今方平救父，也要赴地下了。從此，方平不吃不喝，時坐時立，「狀類癡，蓋魂已離舍矣」。

他四處張望，見人就問，終於找到父親被關押的監獄，（好擬人化啊！）父親的狀況極爲狼狽，對兒子訴苦：「獄吏悉受賕囑，日夜搒掠，脛股摧殘甚矣！」獄卒收賄，有事沒事便刑求他老父，修理得小腿骨幾近殘廢！

做兒子的大怒，但還是書生本能，寫狀子，喊冤。

羊姓陰魂跟人世一樣，內外行賄打通關節。城隍爺「以所告無據，頗不直席」。拿人錢財，與人消災嘛！要不呢？

席方平很氣。「冥行百餘里，至郡」到上級長官那，再告。

沒想到，拖了半個月，才受理。（你覺得沒鬼嗎？當然他們都已經是鬼了。還是有鬼，鬼在搞鬼！）

竟然，發回城隍復案！退回去，再讓原來判罪的城隍審案！你覺得，會沒事嗎？

果然，「席至邑，備受械梏，慘冤不能自舒」。飽受酷刑虐待，看你以後還敢不敢告狀！

城隍擔心他還不死心，乾脆押他回家。

等衙役一走，他立刻再到冥府，控訴郡邑酷貪。冥王要他們對質。

這郡邑兩位官員，遣心腹，要以千金，與席方平和解。席不肯。

他投宿的店家，提醒他，你年少氣盛，官府跟你和解你不肯，我聽說冥王面前已經有人關說了，怕情勢對你不利啊！

席不信。

不久，冥王升堂，果然面有怒色。席還沒開口，先被狠打二十大板。

席大喊，難道沒錢就要挨打嗎？

冥王更怒，火床侍候。

何謂「火床」？

鐵製的床，「熾火其下，床面通赤。鬼脫席衣，掬置其上，反復揉捺之，痛極，骨肉焦黑，苦不得死」。

強壓在燒得赤紅的鐵床上，看你哀號，卻又不讓你死！這是怎樣的一種人性呢？

冥王問他：「敢再訟乎？」

他忍住痛，「大冤未伸，寸心不死，若言不訟，是欺王也。必訟！」勇哉，這孝子！這段話，我喜歡。

再問他：「訟何詞？」

他正義凜然：「身所受者，皆言之耳。」我親身遭受的一切，難道不就是答案嗎？

這一來，豈不激怒冥王？

冥王大怒，「命以鋸解其體」。

怎麼鋸？

顯然，蒲松齡是了解的。

「立木，高八九尺許，有木板二，仰置其下，上下凝血模糊。」不知鋸開過多少身軀了！

「鬼乃以二板夾席，縛木上。鋸方下，覺頂腦漸闢，痛不可禁。」從腦袋中間鋸下吧！

這時，蒲松齡告訴我們，人性啊，複雜，有壞的，也有好的。

行刑時，其中一鬼說，「壯哉此漢！」這是條漢子！

鋸到胸口時，另一鬼說：「此人大孝無辜，鋸令稍偏，勿損其心。」不要傷到這孝子的心臟啊！

於是，席遂被S形的劈開身體，而非從中央一路劈開。

身體劈成兩半，怎麼上堂？

當然要拼成一塊，但每走一步，傷口摩擦，痛不可止。

這時，押他的一鬼，拿出腰間絲帶，幫他把兩個半身綁在一起，「贈此以報汝孝」，他頓時覺得舒服很多。

冥王問他，還要訴訟嗎？

他學乖了，搖頭。

冥王滿意，送他回陽間。

他心想，整個陰曹地府，全都如此貪瀆，看來只好上達天聽，去告狀玉皇大帝了。

但如何告御狀呢？

他聽說「灌口二郎神」（不是西遊記裡的二郎神楊戩，而是秦朝治水有功的李冰之子二郎），是玉皇大帝的勳戚，爲神聰明正直，他決定去祂的廟宇告狀。

怎知，冥王可是厲害角色，他早判定，這書呆子席方平不會乖乖就範，於是派人盯著，果然，你竟敢再去告御狀！你死定了！

席在被押回冥王的路上，一路這樣想。

不料，冥王見他反倒和和氣氣，稱讚他孝心感人，早已讓席父投胎富裕人家，同時也要贈席千金，享壽人生。還當著席的面，在冥王掌管的籍冊上簽名蓋章，以示證明。

但在回返人間的路上，押他的小鬼，抱怨他一再告狀，遂訐譙他，再犯，就要整死他。

席一怒，反身要回冥府，嚇得小鬼頻頻道歉。

沒事後，他們繼續向前，途徑一座村落，一戶人家，大門半開。他們站在前面稍稍休息。這時，席走到門邊，突然小鬼把他往門內推，然後關上大門。

席才要轉身，卻發現自己已經是個哇哇大哭的嬰兒了。（原來串通好，硬讓他投胎轉世了！這招狠。）

但，冥王這回，碰到鐵板了。

席一發現自己成爲嬰兒，立刻「憤啼不乳，三日遂殤」，夠硬漢吧，硬是把自己餓死！

他的遊魂，飄飄盪盪，竟巧遇灌口二郎神的車隊！

他攔轎喊冤，於是，二郎神決定替他開庭再審。

像不像？像不像周星馳的《九品芝麻官》，欽差大臣要召集地方官，三堂會審的大戲？

於是，席父，羊姓富人，冥王，郡司，城隍，一票官員全部當堂對勘，「三官顫慄，狀若伏鼠」。

二郎神的判決，我認爲根本就是蒲松齡自己，代表了當時飽受黑暗官場，不公司法的民衆，所做的控訴！

二郎神先罵冥王，「徒誇品秩之尊，羊狠狼貪，竟玷人臣之節（根本不配做人臣）。」

冥王多壞呢？「斧敲斲，斲入木，婦子之皮骨皆空。鯨吞魚，魚食蝦，螻蟻之微生可憫。」

這段眞是把官場的食物鏈，說到令人痛心。官官相護，大官吃小官，小官吃人民，百姓境遇最淒涼。

怎麼痛懲？

判冥王「當掬西江之水，爲爾湔腸。即燒東壁之床，請君入甕」。剖開腸子，用西江水洗滌。燒熱鐵床，請君入甕！也讓你們這些酷吏，嘗嘗滿淸十大酷刑的滋味。

那城隍、郡司呢？

二郎神罵得好。你們這些父母官，就算職居下列，也要鞠躬盡瘁。就算上級長官威逼你們，你們也該有志氣的抗拒。怎麼能「受贓而枉法，眞人面而獸心」！

怎麼罰？

「是宜剔髓伐毛，暫罰冥死；所當脫皮換革，仍令胎生。」剔髓伐毛是指從裡到外，翻洗一遍，脫胎換骨之後，再讓他們投胎。可見，蒲松齡還是有科舉的遺毒，對地方父母官，心存善念。

至於，隸役者，小嘍囉們「既在鬼曹，便非人類。祇宜公門修行，庶還落蓐之身；何得苦海生波，益造彌天之孽」？「肆淫威於冥界，咸知獄吏爲尊，助酷虐於昏君，共以屠伯是懼」。小鬼難纏，莫此爲甚。蒲松齡罵盡了官衙的小嘍囉。他們狐假虎威，助紂爲虐，讓官署更加陰森可怖。

怎麼罰？

剁掉四肢，丟進湯鑊中烹煮。

羊姓富人，富而不仁，狡而多詐。「金光蓋地，因使閻摩殿上，盡是陰霾；銅臭熏天，遂教枉死城中，全無日月。餘腥猶能役鬼，大力直可通神。」從清朝到現今，有錢能使鬼推磨，基本不變啊！

蒲松齡罵得痛快。

怎麼罰土豪呢？

「宜籍羊氏之家，以賞席生之孝。」把羊氏家產沒收，轉送席家，做爲賠償補償。

判決完，大快人心。

席氏父子一一甦醒復活。席家一路壯大，而羊家日漸萎縮。有人若要購買羊家的田地房產，必會做夢，夢到神明警告「此席家物，汝烏得有之」！

你不信嗎？買買看。買來，耕作終年，一無所獲。於是不得不又轉賣給席家。

多玄的故事，卻又是多麼反映現實的故事！

雖然仍反映了某種善有善報，惡有惡報的小老百姓的價值觀。但，大膽揭露官場黑暗，酷刑逼供，有錢判生，無錢判死的司法陰暗，依舊突顯了蒲松齡身爲知識分子的良知！

人，爲什麼會想出那麼多壞點子，去折磨他人，看別人呻吟、痛苦，而後猙獰得意呢？那些得意洋洋的，支持用刑逼供的人，算「人」嗎？

蒲松齡心中應該也這樣質疑。

20

雖然有些故事沒有鬼狐妖，但婆媳之間的矛盾，讓無辜小孩成了報應的祭品！還是太殘忍了

傳統中國社會，大家庭制，政治倫理強調以孝治國，長輩耆老地位非同小可。男尊女卑，父在父權威，父歿母掌權。長子在大家庭制裡，唯有等父母皆亡，才真正出頭天！媳婦熬成婆，充分說明了，公公婆婆尚在，媳婦是很難有地位的。

南宋大詩人陸游，與妻子相愛，無奈婆婆不愛，陸游不得不順從母親，休了妻子。兩人一輩子遺憾。

蒲松齡必須處理這貫穿中國傳統社會的家庭老問題。他寫了〈珊瑚〉。

珊瑚何許人也？

安大成的妻子，姓陳，小字珊瑚。她嫻淑，可是婆婆難搞。大成父孝廉，但早卒。寡母一手帶大。

「生母沈，悍謬（兇悍性急）不仁。」但她無論怎麼虐待媳婦，珊瑚都無怨色，侍奉婆婆至孝，「每早旦，靚妝往朝。」每天大早起床，打扮整齊，便去跟婆婆問安。

這婆婆多難搞呢？

舉個例子吧。某日，老公身體微恙，媳婦照舊梳妝打扮之後去婆婆那，就被K啦，「母謂其誨淫」。怎樣你不知道我兒子生病嗎？妳還打扮得花枝招展，幹嘛？去勾搭男人嗎？

媳婦趕緊抱歉，回房，「毀妝以進」，這樣也不行，繼續被念！

兒子孝順，見寡母不爽，能怎樣呢？扁老婆給母親看啊！「生素孝，鞭婦，母始少解。」真慘！甚至，兒子知道寡母不喜媳婦，乾脆分房而睡。

但這婆婆實在難搞，長期總不是辦法。老公最後選擇休妻，討好寡母。

休妻容易，被休掉的妻子，可不容易！

在傳統社會，可是要「被另眼相看」的女人。

於是，出了婆家大門不遠，珊瑚啜泣「爲女子不能作婦，歸何以見雙親？不如死！」說罷，拿出預藏的剪刀，猛刺喉嚨，被急救下來，鮮血沾滿衣襟。

大成只好先送她到嬸嬸家暫住。

嬸嬸王氏，寡居。過了幾天，大成知道珊瑚狀況穩定了，便去嬸嬸家要珊瑚盡快返回娘家，以免母親生氣。嬸嬸問他珊瑚何罪？老公說她不能事母。珊瑚聽了並不爲自己辯護，只是一直哭，一直哭，哭到「淚皆赤」！老公不忍，作罷返家。

但寡母終究知道此事，大怒。

跑去責罵嬸嬸。這嬸嬸王氏好樣的，袒護珊瑚，「婦已出，尚屬安家何人？我自留陳氏女，非留安家婦也，何煩強與他家事！」頂得好，頂得妙！你們安家都趕她出門了，誰收留她，干你們屁事？我留的是陳家女兒，何來安家媳婦？滾吧，你們！

刁蠻的婆婆，踢到鐵板了。

「母怒甚而窮於詞，又見其意氣詾詾，慚沮大哭而返。」可見這婆婆不是眞兇悍，而是柿子挑軟的！這段是伏筆，之後各位會明白，何以這麼說。

反倒善良珊瑚不好意思了，怕給嬸嬸平添麻煩。正好，寡母的姊姊，于嫗，年六十餘，子死，只一幼孫及寡媳，過去對待珊瑚非常友善。珊瑚便去投靠她了。

于嫗知道來龍去脈後，要替她討公道，珊瑚力言不可。於是便跟于嫗住下來。珊瑚的哥哥，想爲妹妹另謀婚事，珊瑚不肯。只願在于嫗那，織布紡紗以維持生活。

休了珊瑚後，寡母仍想替兒子找房媳婦。可是，「悍聲流播，遠近無與爲耦」。雖然那年代沒有網路，但好事不出門，壞事傳千里，家有悍婆婆，誰敢嫁啊！

有趣的是，寡婦的小兒子二成，長大了。娶了門媳婦，叫臧姑。她怎麼不怕悍婆婆呢？原來啊，她「驕悍戾沓（兇悍話多），尤倍於母」。報應來了，娶了個比你老母還兇還悍還愛碎碎念的女人進門！

果然，寡母稍稍臉色不好「怒以色」，這臧姑便「怒以聲」！夠兇吧！小兒子懦弱，更助長臧姑的氣焰。

好了，前面的伏筆，這回答案揭曉。

寡婦怕兇，反而笑臉承迎，但熱臉貼人冷屁股，人家臧姑根本不甩妳！

這二媳婦可兇了，指使婆婆做這做那。婆婆哪有體力，最後都是大兒子「代母操作，滌器灑掃之事皆與焉」。嘗到苦頭了吧！「母子恆於無人處，相對飲泣。」以前欺負好心媳婦，如今報應，被惡媳婦欺負！母子抱頭痛哭。

某日，寡母臥病在床，大小便全都需要照顧，大兒子「晝夜不得寐，兩目盡赤」，去叫弟弟來分勞嘛，弟弟才剛過來，馬上便被二媳婦叫回去！逼得大兒子沒辦法，去找阿姨于嫗求救。

正哭訴著，珊瑚從房中走出。大兒子慚愧，要離開，「珊瑚以兩手叉扉（不讓你走！），生窘急，自肘下沖出而歸（從珊瑚的張開雙手的肘下鑽過去），亦不敢以告母。（苦啊！）」

不久，于嫗家經常派人來探視，來就會帶些好吃的，寡母因而對姊妹嘆息，妳家的媳婦眞賢慧啊！

婆媳之間的矛盾，讓無辜小孩成了報應的祭品！

于媪趁機問她：「跟妹妹妳休掉的媳婦相比，如何呢？」

寡母說不錯是不錯，但還是不如妳家的賢慧啊！

于媪回了句人與人相處的至理名言：「婦在，汝不知勞；汝怒，婦不知怨。惡乎弗如？」妳媳婦在的時候，妳不知道她的辛勞。妳對她生氣時，她不會抱怨。這還叫不如嗎？（妳這老糊塗啊！）

寡母這時，才後悔哭泣，「珊瑚嫁也未者？」不知珊瑚改嫁了嗎？

于媪沉住氣，「不知，請訪之。」不知道哦，妳去打聽打聽吧！

病好了，于媪家人當然沒理由再常來，寡母擔心日子要不好過了。于媪建議乾脆分家。爲了不讓惡媳婦阻擋，大兒子把家產良田全讓給弟弟。

分了家，于媪把寡母接到家裡聊天散心，寡母一到，便感謝于媪家的媳婦過去一陣子的幫忙。

于媪對她上了一課。「小女子百善，何遂無一疵？（再好也不會沒有瑕疵啊！）余固能容之。子即有婦如吾婦，恐亦不能享也。（如果不懂容忍，妳就算有我的媳婦，恐怕妳也是無福消受啊！）」

這寡母還要辯解。她說，冤枉啊，我難道是木頭石頭做的鹿或豬嗎？我有口有鼻，豈會不知道什麼是香什麼是臭嗎？

于嫗再問，珊瑚被妳趕出去，不知她心底怎麼想啊！

寡母說，應該是在罵我吧！

于嫗回她，如果反躬自省沒有錯，她又能罵什麼呢？

寡母又說：「瑕疵人所時有，惟其不能賢，是以知其罵也。」誰沒有瑕疵啊！就因爲她不夠賢慧，所以知道她會罵我啊！

于嫗慢條斯理的地答：「當怨者不怨，則德焉者可知；當去者不去，則撫焉者可知。（應該抱怨而不抱怨，那可知她是個有德行的人。她大有理由一走了之，卻不願走，可知她是一個很懂得撫慰長輩的好人啊！）」

于嫗這時告訴她一個眞相，寡母生病期間，于家帶去的食物或物品，全都是珊瑚一手料理的啊！

寡母這時才大驚，淚流滿面。

珊瑚出現，婆媳相擁而泣。在于媼家住了十幾天，婆媳攜手返家。

因爲分家後，良田屬於弟弟，兄弟又因爲二媳婦兇悍，不太往來。大哥這，就靠哥哥鬻文，珊瑚做針線女紅，維持生活。

分了家，二媳婦無法虐待婆婆，便把氣發在老公、婢女身上。不料，某日，婢女受不了凌虐，上吊自盡。婢女父，一狀告到官府。二媳婦被拘捕，受刑。二弟抵押田產，賄賂官府，終於救回媳婦。但龐大債務，壓力甚大，遂決定把田產賣給村裡的任姓老翁。

誰知，簽約的當下，突然這位任翁像鬼附身一樣，「翁忽自言：我安孝廉也，任某何人，敢市吾業！」老爸顯靈了。

大兒子憨厚，求老爸救弟弟。

老爸怒斥，逆子悍婦，不足惜也。倒是，他指點兒子一條發財之路。

家中「紫薇樹下有藏金，可以取用」。說完，這位任翁昏厥，醒來什麼都不記得。

大兒子告訴母親，母子皆不太相信。老爸怎麼可能藏私房錢呢？但悍媳婦趕著去挖掘了。

「坎地四五尺，止見磚石，並無所謂金者，失意而去。」沒啊，除了磚石。

後來，寡母去看了，也是一堆磚石。

唯有珊瑚過去，一看，怎麼都是白金！

大兒子趕去，果然。

大兒子仁厚，「以先人所遺，不忍私，召二成均分之」。

但有趣的是，二成回家，跟老婆一起檢視分到的白金，卻都是瓦礫！

直覺，是老大在搞鬼。

二兒子跑去老大家，卻看到白金陳列桌上。因此告訴哥哥，分給他的全是瓦礫。哥哥一聽，大駭之外，也於心不忍，便把自己的白金全給了弟弟。（善良吧！）

弟弟感激，趕忙把白金拿去償還債主。但這二媳婦卻冷言冷語，說大哥應是自愧於心吧，否則怎可能把到手的白金讓出來！

好死不死，隔天債主上門了，「言所償皆僞金，將執以首官。」你竟敢給我假鈔，抓你去衙門！

夫婦嚇死了，趕忙把田產地契交給債主，換回償付的白金，夫妻仔細看，其中一錠白金被剪開了，裡面果然是銅，外面僅僅裹一層金箔而已。

二媳婦想了一個計謀，讓弟弟帶著這些白金，去跟哥哥說，不好意思讓哥哥吃虧，退還白金，但求哥哥去贖回被質押的田產。

哥哥帶著白金去找債主，債主被騙過一次，當然小心翼翼。但當他翦開銀兩，檢查，「紋色俱足」，全是眞的，便把田契交還哥哥。

二媳婦更加懷疑，眞是哥哥搞鬼，隱匿眞金，惡整弟弟。而這時，哥哥方才恍然大悟，弟弟要把白金送回來的緣故了。但珊瑚勸他，既然祖產都拿回來了，何必還爲這事而生氣呢？

於是，做哥哥的，再把田契交給弟弟。（這對夫妻眞是善良，換成我們常見的富二代爭產新聞，不早就鬧到頭條新聞啦！）

某夜，二兒子夢到父親責備他：「汝不孝不弟，冥限已迫，寸土皆非己有，占賴將以奚爲！」你這對母親不孝對哥哥不敬的傢伙，不知道大限已到嗎？這些田地注定不是你的，你賴著會有用嗎？

弟弟嚇得醒來，跟太太說夢。悍媳婦卻笑他笨啊！做夢，你也相信！

報應來了，而且非常殘忍。

弟弟兩個兒子，七歲與三歲，長男不久「病痘死」（天花），二媳婦嚇到了，要老公趕忙把田契還給哥哥，哥哥不肯拿。

不久，次男又死。二媳婦慌了，（下次輪自己？）不管哥哥嫂嫂同不同意，硬把田契留在珊瑚嫂嫂那。

那年怪事特多。

「田蕪穢不耕」，二媳婦嚇壞了，「自此改行，定省如孝子，敬嫂亦至。未半年而母病卒」。二媳婦哀痛欲絕，「勺飲不入口」。她說這是老天處罰她，不讓她有機會贖罪，「姑早死，使我不得事，是天不許我自贖也」！

說來也怪，她連續「十胎皆不育」，注定斷子絕孫了。

而哥哥呢，三個兒子兩個中了進士。鄉人都說是孝順母親，友愛兄弟的回報啊！

你信報應說嗎？

我不信。

但我會用統計學的角度看，居心不良的人，夜路走多，總會有摔跤跌倒的機率。

在明清時代，小孩的夭折率高，難免大家要附會這是報應輪迴。

蒲松齡不能超越他的時代，這無可厚非。

可他至少把婆媳矛盾，媳婦委屈，兒子無奈，刻畫得極爲深刻。

可是婆婆難搞，媳婦必須逆來順受嗎？現代女性，必然說不。太太說不，兒子必然不能只站在母親那一邊，不是嗎？

我不信報應說。因爲要把無辜的第三者當祭品（例如二媳婦的兩個兒子），還是太殘忍了。

婆媳的矛盾，到了小家庭制出現，大量減少。可見，制度還是改變行爲準則的關鍵吧！

那些傳統年代，媳婦熬成婆的故事，對媳婦對婆婆，都是悲劇。

21

在「正妹文化」籠蓋一切的年代，蒲松齡為我們刻畫的「醜女喬喬」，何其脫俗而搶眼啊，即便她有朝天鼻！

正妹文化，起自何時，應該是不可考了。

窈窕淑女，君子好逑。

哪裡有正妹，哪裡就會有君子。噢，也未必都是君子吧，或許該改成，哪裡就會有流著口水的一堆蒼蠅吧！但，正妹文化流弊所及，則是每個行業，非正妹不足以引人矚目！這反而有點喧賓奪主了。

雞排好吃，關妹正不正何干？

國軍招募新血，幹嘛要把爆乳妹拉進來？

老師教得好不好，何必在意是不是正妹？

雖然，我當然知道賣雞排的妹很正，我會去多看幾眼，但若雞排實在不怎麼樣，我肯定是站在一旁看就好，幹嘛亂花錢！不是嗎？

整部《聊齋》，當然都是「正妹文化」的縮影。

不管是鬼，是人，是狐，是妖，凡是以女主角出現的，幾幾乎，都是正妹。稍有例外，那也是類似〈畫皮〉，厲鬼要糊弄男人，但還是要披上「正妹畫皮」出現不可！

但，蒲松齡畢竟不是寫「羅曼史」的暢銷作家啊，他蒐羅傳奇，寫成故事，多少仍帶有知識分子的某種「文青使命感」。雖然，他筆下的人鬼狐妖，絕多還是正妹角色，不過，他仍然為「非屬正妹」的耀眼女性，留下了相當精采的紀錄。

我非常喜歡一篇〈喬女〉。

一位既黑，又醜，還跛腳的女人，在蒲松齡的描述下，散發出極為動人的女性魅力。

一九八〇年代，堪稱日本最紅的連續劇《阿信》，（拍了兩百九十七集，每天晨間播出的小說連續劇）把一位溫婉、吃苦撐起整個家族的女性，捧紅半邊天。但我總認為，若非女主角找來符合柔美，細緻，又任勞任怨之特質的田中裕子，演出青年時期的阿信，這部戲未必能那麼大紅特紅！

可見，正妹文化，依舊是我們講述女性故事時，很難擺脫的「窠臼模式」。

然而，蒲松齡做到了。

〈喬女〉一登場，醜到爆表！

喬家有女，「黑醜」。而且「壑一鼻，跛一足」。這「壑」一鼻，有學問。溝壑，你懂吧？水溝嘛，誰不知道。鼻子如水溝，何謂？就是朝天鼻嘛！鼻孔翻上。黑醜，腳還跛。外人一看，再怎麼想修飾詞彙，頂多只能說她「長得很道德吧」！

難怪了，長這樣，「年二十五六，無問名者」。夠淒涼吧！人家十四五六的正妹，被搶著要，妳呢？喬家女兒，二十五六了，無人問津。

有位穆先生，四十幾歲了，喪妻，家貧無力續絃。於是娶了喬女。（醜到只能嫁給喪偶的窮光蛋！）

婚後三年，生了兒子。不久，穆先生也掛了（窮人薄命，自古皆然），家境更困頓。喬女回娘家求援，但母親不耐煩，喬女憤而離去，發誓自力更生，在家紡織度日。

有位孟先生，喪偶，遺有一子叫烏頭，才剛滿周歲，需要哺乳，因而急著續絃。媒人安排了幾位，孟先生都看不上眼，唯獨，看到喬女，大悅。（你很奇怪嗎？）

但偏偏喬女，沒意願。

她的理由眞是精采。

「飢凍若此，從官人得溫飽，夫寧不願？然殘醜不如人，所可自信者，德耳；又事二夫，官人何取焉！」我這麼貧困了，若能跟著您，三餐無虞，有什麼理由說不呢？但我殘缺醜陋，唯一自信的，是我的品格。如果，我爲了生活，再嫁二夫，您會怎麼評價我呢？

這位孟先生，聽了，大力按讚，「益賢之，向慕尤殷，使媒者函金加幣，而說其母」。美女這麼說還沒話說，妳醜女一個，竟還這麼有原則，豈不賢慧？豈不令人刮目相看？

孟先生勸她不過，加碼給媒婆，轉向對喬女的母親遊說。但依舊沒用。喬母想了另一辦法，乾脆把喬女的妹妹許給孟先生。

可有趣了。這孟先生家大業大，偏偏不愛美女愛醜女，不肯接受妹妹代替姊姊出嫁！這婚事便不了了之了。

沒想到，不多久，這孟先生突然暴卒。

孟先生亡故後，親戚單薄，村裡無賴們竟然串通奪取他的家財。喬女趕去，發現家中空無，只存一老嫗抱著孤兒痛哭。

喬女知道有位林先生，與孟家交好，便請他出面代爲訴訟。

喬女這段話，講得亦眞誠動人。

「夫婦、朋友，人之大倫也。妾以奇醜，爲世不齒，獨孟生能知我；前雖固拒之，然固已心許之矣。」我醜，所以被世人恥笑。唯獨這位孟先生懂我，欣賞我。我儘管拒絕了他，但我心卻屬於他了。

「今身死子幼，自當有以報知己。然存孤易，禦侮難，若無兄弟父母，遂坐視其子死家滅而不一救，則五倫中可以無朋友矣。妾無所多須於君，但以片紙告邑宰；撫孤，則妾不敢辭。」如今孟先生死了，他孩子還小，我當然要報答他一片恩情。如果因爲他沒有兄弟姊妹父母，而我們坐視別人欺負他的家庭，那何需五倫中的朋友呢！我對您，只有一個請求，替他打官司。至於扶養孤兒，就交給我吧！

可是，當林先生準備幫忙好友出面時，卻飽受村內無賴們的威脅，遲遲不能行動。

喬女等了數日，發現孟家的田產都已被瓜分殆盡，乾脆自己到官署告狀。

官署問她，與孟家的關係。

這喬女說了，您掌管地方，憑藉的不過是一個「理」字！「如其言妄，即至戚無所逃罪；如非妄，道路之人可聽也。」倘若沒道理，就算至親亦應論罪。如果有理，即便路人意見，您也該採納啊！不是嗎？

哇，我愛上這又黑又醜的喬女了。

她多有勇氣，多有智慧啊！

如果她是美女，這麼伶牙俐齒，你必讚她「恰北北」，這恰字多妙！不美不恰。

但她是醜女，你恐怕要嫌她尖嘴猴腮，強詞奪理了。

這就是不公平！喬女自己說的「妾女奇醜，爲世不齒」！正妹說什麼，你都按讚。醜女什麼都不說，你也嫌她礙眼。

然而，官署覺得這醜女，醜便罷了，還伶牙俐齒，令人討厭。便趕她出去。「女冤憤無以自伸，哭訴於縉紳之門。某先生聞而義之，代剖於宰。」喬女四處哭訴於有名望的仕紳，終於有人被她感動，替她出面了，告官。

「宰按之，果眞，窮治諸無賴，盡返所取。」官場黑暗，可能是一回事。但官場勢利眼，則又是另一回事。一介平民醜女，告官，官署懶得理妳。換成仕紳出馬，官署不敢輕忽，事出有因，查有實證，案子就贏了！被奪取的財產田地悉數歸還！這，這到底算有王法，還是算運氣好呢？

蒲松齡在此，留下了春秋筆法，爲那他時代的司法做了紀錄。

喬女替孟家討回公道，有人建議應該讓喬女留在孟家照顧孤兒。但喬女還是找了當初照顧孤兒烏頭的老嫗，回孟府。舉凡烏頭的日用開銷，喬女一定找老嫗一塊商議，「爲之營辦；己錙銖無所沾染，抱子食貧，一如曩日」。換句話說，帳目清楚，自己跟兒子完全不碰任何孟家的財務。

幾年過去，烏頭長大，喬女爲他延攬老師授課。「己子則使學操作。」或許這樣比較各位會更懂，就是孟家孤兒讀普通學制，準備考科舉。而自己的兒子，則去念職業教育，習一技之長。

老嫗勸她，不妨讓小孩跟烏頭一道學習。喬女說：「烏頭之費，其所自有；我耗人之財以教己子，此心何以自明？」烏頭念書花費是他自己的家產，我若用他的錢來讓自己兒子受教，我如何向外界交代啊？

眞是一位奇女子啊！一點小便宜，都不肯占。

她這樣費心爲烏頭經營，沒幾年，便爲烏頭積累了不少財富，爲他迎娶了嬌妻，添購宅院，烏頭感恩，要喬女與他們夫妻同住。喬女答應了，但即使搬進豪宅，還是不改平日紡織的作息。烏頭夫妻看不下去，奪取她的織具，她卻說：「我母子坐食，心何安矣？」

於是，紡織可以不做，但此後，喬女遂專心替烏頭治理家務，讓自己兒子替孟家照管田產，母子就像被聘用的僕人一般。

然而，喬女以長輩之尊，對烏頭夫妻的管教，還是很嚴厲的。「有小過，輒斥譴不少貸（犯小錯，也不輕易放過）；稍不悛，則怫然欲去（若仍不改，則生氣要搬出去），夫妻跪道悔詞，始止。」

又隔數年，喬女想要離去了。烏頭不肯，於是替喬女的兒子出聘禮完婚。婚後，喬女要兒子一家回去，烏頭挽留不成，便悄悄在喬女兒子家附近購置恆產百畝送他。

喬女年邁生病，一直想回老家，烏頭不聽。等到喬女病重了，囑咐烏頭「必以我歸葬」！這是傳統落葉歸根的文化，烏頭怎能不聽？

喬女病歿後，烏頭送金銀給喬女之子，要他幫忙把喬女與自己的父親合葬。

沒想到怪事發生了。葬禮當天，喬女的棺槨竟然沉重無比，「棺重，三十人不能舉」。

大家狐疑之際，喬女之子突然倒下，七竅流血，嘴裡喊著：「不肖兒，何得遂賣汝母！」你這不孝子啊，怎麼就把你老媽給賣了呢？

這時，烏頭才驚恐起來。一拜再拜，喬女之子終於甦醒過來。

烏頭於是整修喬女先生的墓地，讓喬女與先生合葬一起。

最終，完成了喬女之前拒絕烏頭之父求婚的志願「不事二夫」！

這故事，在《聊齋》裡很特別，因為「醜女當家」，德行被彰顯的同時，蒲松齡也讓「所謂的醜女」，在懂得欣賞她的男人心目中，有了脫俗的地位。正妹正妹，誰人不愛？但在家庭日常生活裡，正妹又怎樣！

《聊齋》固然寫了很多正妹狐鬼妖的有情有義，但他也不忘為「非正妹」的女性，記錄她們的了不起。

在正妹當道的今日，很多「中等美女」，或談不上美，甚至不美的女性，難道她們的專業，她們的女人魅力，便應該被「正妹文化」給埋沒，或扭曲嗎？

我是不以為然的。

因而，蒲松齡這篇〈喬女〉，我愛得要死！

22

遠在清朝，蒲松齡就看到，有人把宗教當獨門生意在經營啊！——關於金和尚的鍍金歲月（上）

讀《聊齋》讀到〈金和尚〉這一篇，我突然想笑。

因爲沒來由，想到好幾個電影裡的，印象深刻的和尚。

影帝梁朝偉演過《倩女幽魂》第三集，他演一個小和尚。憨厚，正直，被女鬼再三戲弄。

我的好友吳興國，京劇的轉型與現代劇場化，是他最高的理想，成就極大，看過《李爾在此》、《樓蘭女》等等大戲的人，會同意。但他爲了維持劇團的生存，時不時會接演一些電影。不多，但令人印象深刻，如《賭神2》，他跟周潤發的對戲。可是，他也演過和尚，在《誘僧》裡。

最無厘頭的和尚，應該是《食神》裡，周星馳在落魄時，助他不只一臂之力的，自稱「貧僧夢遺」的和尚吧！

歷史上，最大號的和尚是誰呢？你，猜一下！

我想，理應是和尚出身，皈依明教，創立大明王朝的朱元璋吧！

和尚，被戲劇化，被喜劇化，被丑角化，被陰暗化，當然不會始自今日。《聊齋誌異》裡，就有不少段和尚的故事。

〈金和尚〉很特別。既非西域來的番僧，亦非被神仙化的高僧，而是，從一無所有，變成富甲一方，權貴交相攀結的大和尚！

但，他匹配嗎？

蒲松齡寫《聊齋》，並不是沒態度的。

他看似以動人筆法，記錄下他所聽聞的人鬼狐妖的逸聞傳奇，實則，在選題時，在敘述中，還是表達了他的價值判斷。

有時，他甚至覺得不過癮，還乾脆在故事的末尾，來上一段「異史氏曰」，做評論，做褒貶。

蒲松齡畢竟屬十八世紀文人，不能超越他的時代限制，在觀念上，不免有保守的包袱，這點不足爲奇，也不該是我們後人評斷他之成就的「後見之明」。

所以，我寫這一系列對《聊齋》的再詮釋，對「異史氏曰」多半只是看看，不會太在意他的評點，是否符合我們現代人的觀點。而且，我也自信，我要講屬於我們這個時代的「聊齋新詮」。

可是，在這一篇，講〈金和尚〉的故事，我卻要先分享一段「異史氏曰」的觀點。

爲什麼？

因爲，有趣。

平常我們對「和尚」一詞，大概不會太陌生。

和尚嘛，佛門出家人，男的叫比丘，或和尚；女的叫比丘尼，或尼姑。大家都知道，不會很難理解啊！

可是，蒲松齡爲我們釐清了好幾個與「和尚」相關的名詞。寓意深遠，褒貶立見。

分別是哪些名詞呢？

來，我先問你，什麼是「和撞」？

嗯嗯，不知道吧？

什麼又是「和唱」？別立馬說你知道，可不是「合唱」哦！此「和」非彼「合」哦！

在沒有讀完〈金和尚〉這故事前，我真的不知道蒲松齡列出的幾個跟「和尚」有關的名詞！

「和尚」者，五蘊皆空，六塵不染，是謂「和尚」。

五蘊，是色、受、想、行、識。不用擔心不懂，我簡單講給你聽。

色，把它想成是外在世界，形形色色。

受，是你要面對外在世界，承受外在世界。

想，是思索，是思索外在世界的意義。

行，是要採取行動，不能老是在思索。

識，則是「受想行」的綜合判斷。

出家人，必須把這五蘊統統放下，統統放空。

六塵，是眼、耳、鼻、舌、身、意。

你把它們想成是，我們身體與外在接觸的窗口，要統統不染俗塵。做到這，「五蘊」空了，「六塵」不染了，這人，才叫「和尚」。

了解了和尚最純粹的意義後，於是，像那種「口中說法，座上參禪」，心中卻放不下一切的，不過就是「和樣」。一種和尚的樣子而已。

至於，「鞋香楚地，笠重吳天」，那叫「和撞」，是指四處雲遊化緣的行徑，未必是打從心底自在。

至於，「鼓鉦鍠聒，笙管敖曹」，則謂之「和唱」，是指和尚爲人敲木魚念經等等。

最糟糕的，是「狗苟鑽緣，蠅營淫賭」，謂之「和幛」，就是掛羊頭賣狗肉的假和尚啦。

了解了「和尚」必須跟「和樣」、「和撞」、「和唱」、「和幛」有所區隔後，我們再細看「金和尚」的一生，便知道爲何蒲松齡要寫下這故事了。

「金和尚」，是怎樣的人，有怎樣的傳奇呢？

他的父親是無賴，「以數百錢鬻子五蓮山寺」，能生不願養，便宜把他賣給寺廟。

如果他是開國的國父，那他就會像朱元璋一樣，是「臭頭皇帝」，有一堆自小便展露的天賦異稟的奇事。

但很抱歉，金和尚，他，沒有。

他「少頑鈍，不能肆清業」，笨笨的，很難調教，所以在廟裡，也僅能做非常粗等的工作，「牧豬赴市，若傭保」。做做養豬買菜等差事。（奇怪，佛教吃素不殺生，養豬，幹嘛?!賣給人家殺生？）

後來，寺廟住持死了，他捲款潛逃，做買賣為生。

這跟朱元璋不同。朱元璋是時代動盪，寺廟也無法存活，只得流浪天涯，最後投入反元的義軍。

這金和尚，「棄政從商」，或許時代不同，畢竟大清王朝在蒲松齡的年代，根基已經穩固，從商還是比較理性的選擇。

這金和尚厲害。

他「飲羊、登壟，計最工。數年暴富，買田宅於水波里。弟子繁有徒，食指日千計。遶里膏田千百畝。里中起第數十處，皆僧無人；即有，亦貧無業，攜妻子，僦屋佃田者也」。飲羊，是賣羊之前，拚命灌牠水，讓牠虛胖增加重量；登壟，就是壟斷市場。這樣工於心計做生意，幾年之間，當然賺了好幾番。賺了錢，便投資房地產，買地，建房舍；有了錢，自然有人跟隨，每天靠他吃飯的，動輒上千人。他蓋了數十棟房舍，大部分都是僧人居住，但也有貧困失業的人，帶著妻小投靠他，租屋當佃農，錢多人多事業愈來愈大！

金和尚，金和尚，「金」在哪呢？

在豪宅之內。前面是大廳，梁柱上，金光閃閃刺眼，「繪金碧，射人眼」；連擺設，亦晶瑩剔透，閃亮亮，「堂上几屏，晶光可鑑」；廳後的房間呢，絕不含糊，「朱簾繡幙，蘭麝香充溢噴人；螺鈿雕檀爲床，床上錦茵褥，摺疊厚尺有咫；壁上美人山水諸名迹，懸黏幾無隙處」。室內飄逸高檔麝香味，床是高級檀香木雕刻，厚厚被褥是高檔綢緞，牆上掛滿美人畫山水畫。

這，哪像「五蘊應該皆空」的和尚房間？

說它是大觀園裡，賈寶玉的房間，我還相信。

硬體建築如此，軟體排場亦不輸人。

「一聲長呼，門外數十人，轟應如雷。」

很像某些高檔日本料理店，客人進來，出去，ありがとう、ございます，從裡到外，從外到裡。排場十足。

他們的訓練更像有素的軍隊。

「受命皆搎口語，側耳以聽（聽和尚交代事情，都手掩嘴巴，側耳專注傾聽。）客倉促至，十餘筵可咄嗟辦。肥醴蒸薰，紛紛狼藉如霧霈。」就算臨時來一堆客人，隨隨便便，也可以做出十幾桌的筵席，蒸煮交錯熱氣騰騰，吃飯的場子彷彿雲霧一樣彌漫。

但，畢竟還是打著佛教的招牌，所以，「不敢公然蓄歌妓」，然而，「狡童十數輩，皆慧黠能媚人，皂紗纏頭，唱豔曲，聽睹亦頗不惡」。雖然不敢養歌妓，卻養了十幾位男童，聰明伶俐，姿色媚人，打扮如同倡優，唱起酒店的歌曲，都有相當水準。

是不是印證了《金瓶梅》、《紅樓夢》裡，一再提到的，男色之美，的確彌漫於社會，不分階層？

這金和尚一旦出門，前後隨從數十騎。

侍候他的，都以「爺」來稱呼。

居民們，或以「祖」，或以「伯、叔」稱呼，就是沒人叫他「師」，叫他「上人」。（但他明明是和尚啊！）

和尚，不喜歡，不願意，把自己的檔次，提升到上人等級的，少見吧？

23

遠在清朝，蒲松齡就看到，有人把宗教當獨門生意在經營啊！——關於金和尚的鍍金歲月（下）

話說出家人，不以清心寡欲爲念，反而沽名釣譽！可以想見，蒲松齡寫「金和尚」，是抱持怎樣的態度了。

和尚既然如此囂張，他的徒弟，即便不敢超過老大，排場略遜一籌，卻也是個個宛如貴公子一般。

「關係學」、「學關係」，是解讀中國社會自古至今，政商之間，精英之間，網絡互動，權益相關的不二法門。

既曰「法門」，金和尚豈會不懂？

有了錢財，有了門徒，下一步呢？

當然是，做關係。

「金又廣結納，卽千里外呼吸亦可通，以此挾方面短長，偶氣觸之，輒惕自懼。」聽起來，這金和尚太厲害了，很懂「關係」的重要，遠近關係都做，因而卽便千里之外，有力人士不辭千里也替他出面圍事，使得地方官吏不得不畏懼他三分。

但這位和尚呢，身價就算百倍於往昔了，然而，本質不變，仍舊粗鄙。從頭到腳，無一處堪稱文雅！「其爲人，鄙不文，頂趾無雅骨。」

然，總是和尚嘛，不需要裝模作樣嗎？

不，他完全不需要。

「生平不奉一經，持一咒，迹不履寺院，室中亦未嘗蓄鐃鼓；此等物，門人輩弗及見，並弗及聞。」他不念經，不持咒，也不到寺院，室內也不見佛教法器之類擺設。更別說，他的徒弟懂這些了。

和尚當成這樣，不過分嗎？

但還有，還有，還沒完呢！

「凡僦屋者，婦女浮麗如京都，脂澤金粉，皆取給於僧，僧亦不之靳。以故里中不田而農者以數百。」跟他租房子的，許多婦女裝扮浮華豔麗不輸京城女子，化妝品都是金和尚提供的。他出手闊綽，於是，在村子裡掛名農夫，實際上完全不碰農務的有百餘人之多。都在幹嘛？靠他吃飯，有事沒事，就去圍事啊！

這些投靠金和尚的，龍蛇混雜，時日一久，僧人與佃農之間不免時起摩擦衝突。「時而惡佃決僧首瘞床下，亦不甚窮詰，但逐去之，其積習然也。」衝突嚴重者，便是鬥毆，殺戮。佃農卽便有時殺了僧人，埋藏在床下，東窗事發，金和尚卻不追究，息事寧人，不過是趕那兇嫌出去而已！

有趣吧！說幫派嘛，不像。說社團嘛，有點。說教派嘛，除了門面。

按理說，和尚出家，了卻人間煩惱事，但這位金和尚，閒著閒著，託人去買了個兒子，當成自己小孩，還聘老師授業講課。這男孩聰明伶俐，文章寫得好，不久入了太學，赴考場，中了鄉試。

有了科舉中人的兒子，金和尚的身分地位，一下子更高了。人人改稱他爲「金太公」。而以前叫他爺的，如今都改口稱「太爺」了。金太爺，金太爺，感覺走路有風呢！

你說，人是不是喜歡「高帽子」的動物啊！

然而，好景不常，這位太公和尚竟突然過世了！

他的養子與媳婦倆倒算孝順，眞心爲他料理後事。可是平日豢養的門徒們，卻是忙著迎來送往。

因爲聽聞和尚過世，「士大夫婦咸華妝來（不是喪事嗎，幹嘛華妝？）搴幃弔唁，冠蓋輿馬塞馬路」。是在趕廟會，湊熱鬧嗎？

出殯當日，更熱鬧。

「棚閣雲連，旛幢翳日。」一座接一座的帳篷，密密麻麻招魂的旌旗幾乎遮蔽日光。

「殉葬芻靈，飾以金帛；輿蓋儀仗數十事；馬千匹，美人百袂，皆如生。」紙紮的殉葬物，全都敷上金箔，紙紮車隊儀隊有數十個之多，馬匹上千，美人上百，全都栩栩如生。

「方弼、方相（送葬隊伍前紙紮的神像），以紙殼製巨人，帛帕金鎧（形容這兩尊神像製作巨大而精美）；空中而橫以木架，納活人內負之行（很大吧！）。」巨大到裡面撐起木架，人可以在其中扛著前進。很像現在仍常見的廟會踩街時，人在三太子神像裡扛著遊行的畫面。

「設機轉動，鬚眉飛舞，目光鑠閃，如將叱咤；觀者驚怪，或小兒女遙望之，輒啼走。」這些巨大的神像，有機關可以操作自如，宛如眞神，往往嚇得小孩子哇哇大叫。

「冥宅壯麗如宮闕，樓閣房廊連亘數十畝，千門萬戶，入者迷不可出。」為往生者搭建的陰宅，如宮殿一般壯麗，占地龐大，宛如眞的一樣，走進去的人，轉來轉去，往往迷路找不到出口。

這排場，驚人吧！

趕來弔唁，（或趕來湊熱鬧的人），「傾國瞻仰，男女喘汗屬於道；攜婦襁兒，呼兄覓妹者，聲鼎沸」。形容得多生動啊！人太擠，擠爆到必須不斷高聲找人的地步。

蒲松齡絕對有幽默感。

他描述的葬禮場面，簡直像廟會，像佳節喜慶。

樂隊喧譁，唱戲的班子一場接一場，人擠在裡面，根本聽不清楚彼此在說什麼。看熱鬧的，其實也僅能看到萬頭攢動而已。

擠在人群中的孕婦，突然肚子痛要生了，怎麼辦？擠不出去啊！「有孕婦痛急欲產，諸女伴張裙爲幄，羅守之；但聞兒啼，不暇問雌雄，斷幅繃懷中，或扶之，或曳之，蹩躠以去，奇觀哉！」

看看，文言文之張力，莫此爲甚了。

五四時代，白話文批判文言文不遺餘力。爲了爭奪論述權，敵對陣營，醜化對方可以理解。不過，文言文並非一無是處。長期的累積、沉澱，文言文自有它簡潔、優美之處。

試看蒲松齡這段，描述人潮湊熱鬧一般，擠著圍觀金和尚的葬禮。連孕婦，也不考慮自身狀況，硬要參一腳，結果當場就被擠得早產，她的女伴如何應變，急忙間接生，嬰兒呱呱墜地。每個幫忙的女伴，各個不同神態，描述起來，如臨其境。

絕對是一流的文言文美學！

再盛大的葬禮，終究要塵歸塵，土歸土。

葬禮結束，日子恢復往常。

「葬後，以金（和尚）所遺貲產，瓜分而二之：子一，門人一。」金和尚的養子，分一半。另外一半，門人分之。

養子分得的住所之外，其南，其北，其西東，都分給門下的僧人門徒。

彼此以兄弟相稱，利害關係仍然休戚與共。

金和尚過世了。他的財富，他的勢力，則繼續造福他的養子一家，他的門徒一夥。

金和尚，金和尚，他難道不是傳奇嗎？

只是，這跟佛教，有什麼關聯呢？

蒲松齡其實在問這個大哉問！

這故事，之所以讓我「另眼相看」，是因爲蒲松齡讓我們看到了，「宗教」是一門好生意，早在他的年代，便已如此！我們也不必大驚小怪。

在名門正派之外，宗教也有欺世盜名的縫隙，類似「金和尚」者，豈在少數呢？

但他何以能呼風喚雨，吃香喝辣，達官貴人，競相攀附？明明不學無術，卻能召喚一堆人趨炎附勢？明明生活起居，出門排場，皆非一位「五蘊」應該皆空的佛門中人所當爲，但爲何他活著的時候，無人踢爆？死後，亦無人揭底？

這是怎麼一回事？

蒲松齡微妙的，以詳實之筆，記錄了這位「金和尚」的「鍍金歲月」，難道不是在諷刺當世？不是在感嘆世間黑白不分，識人不明嗎？

難怪。他要在這故事之後，很認眞的，告訴我們，何謂「和尚」的眞諦了。他說，「金和尚」之流，「兩宗未有，六祖無傳，可謂獨闢法門者矣」。

兩宗是指，禪宗自五祖之後，分爲講「漸悟」的北宗，以神秀爲宗師，「南宗」是知名度更高的六祖慧能爲掌門。蒲松齡嘲諷金和尚，在北宗南宗之外，另闢蹊徑，表明了他強烈諷刺的立場。

可是，從他那時到現在，把「宗教當成一門好事業」來經營的，豈曾少過呢？

想想，通俗電影《倩女幽魂》第一集，把道士燕赤霞塑造成江湖浪人，行俠仗義。《倩女幽魂》第三集，塑造一位梁朝偉演的小和尚，憨厚，善良，富正義感，爲女鬼出頭。

看來這些師承《聊齋誌異》的通俗文化，其微言大義，也不是沒有意義的啊！〈金和尚〉好看。沒鬼，沒妖，沒狐，沒怪，唯獨頂著和尚招牌的人，呼朋引伴，建立地盤，如聚寶盆一般，在《聊齋》傳奇中，獨樹一格。眞眞有趣！

24

人鬼戀，浪漫。但人鬼婚，人鬼成家，應該怎樣借人身體，靈肉合一呢？——人夫與鬼妻，師生戀，還3P的〈小謝〉（上）

在一夫多妻的年代，齊人之福並不好享。

你若不是多金男，一則養不起；你若不是手段高，二則壓不住；你若不是西門慶，三則腎必虧。

周星馳有名的搞笑片《唐伯虎點秋香》，在遇見秋香之前，深受妻妾驕橫之苦，給了他「點秋香」的合理化藉口。

可是，有沒有想過，秋香進門之後，跟姊姊們如何互動？跟婆婆如何相處？唐伯虎難道就不會有新的家庭問題？新的妻妾之間的恩恩怨怨？

夫妻啊！男女啊！是永恆的難題啊！不是嗎？能解決，世界或許早和平了。

《聊齋》裡，雖是人鬼狐妖之間的綺麗與幽暗，但，蒲松齡畢竟是人，他的思索，雖然有跳脫人間厭語的企圖，而偏愛秋墳鬼唱的雅興，可是，他終究不能擺脫自己的現實世界。於是，在人鬼狐妖的穿梭中，時時還是露出「人間事」的煩惱糾纏。

〈小謝〉就很有意思。

一個書生，兩位靚鬼，如何從陰陽相隔，演進到一夫兩妻，三人快樂行的境界呢？

人鬼愛戀，違反常理，但浪漫。通常，會讓它悲劇收場。

但人鬼戀，進一步，成人鬼夫妻？是不合理中的不合理。除非，除非怎樣呢？除非，讓鬼投胎。有，《聊齋》裡有這類故事。

可是，轉世投胎，要等到可以結婚，動輒也要十幾年後（那還是十幾歲便可以成家立業的年代哦），換成現今，不等它二十三十年怎麼可能？套句張學友的歌，「我等到花兒也謝了」！因此，借別人的身體，來達成附身的事實，再進而與意中人成婚，這樣，會不會更有效？

〈小謝〉一口氣讓男主角，認識兩位靚鬼美眉，便是經由靈魂附體，徹底轉化的機制，達成人鬼戀，人鬼婚的happy-ending結局。

很夯的串流平台Netflix，有一部影集《碳變》。討論了未來年代，生化科技，基因工程的大幅度進步。人，可以不死。不是眞的不死，而是靈魂不死，但肉身可以花錢「購買」別的死者身體，藉以達成不死的期待。而，更爲有錢的人，則透過「複製自己」，以完成不死，不朽的目的。

當然，衍生問題不少。諸如，活那麼久，快樂嗎？寄居他人身體，沒有過去的社會關係，人際關係的糾纏嗎？例如，這個新的身體，靈魂是你，但肉身曾經是別人的妻，別人的夫等等人際糾結。

說來有趣，在不知道什麼是基因工程，複製人科技的年代，《聊齋》誤打誤撞的，處理了類似的題材。

故事，當然還是要從窮書生巧遇豔鬼、靚鬼說起嘍！

在渭南這地方，姜部郎的宅邸鬧鬼。

舉家遷走，就留僕人看管空屋。不料一個一個都莫名其妙的死了，房子便廢棄在那。

有位書生（你看又是書生！）陶望三，「夙倜儻，好狎妓，酒闌輒去之」。我看就是蒲松齡自己的寫照吧！

「友人故使妓奔就之，亦笑內不拒；而實終夜無所沾染。」朋友故意找妓女夜裡去投懷送抱，他並不拒絕，卻一整夜都不碰她。嗯，這有趣，跟我很像，經得起考驗！

這書生怎麼跟姜部郎扯上呢？

原來，他曾經住宿在姜府，「有婢夜奔，生堅拒不亂，部郎以是契重之」。這書生聰明，我住你家，夜裡你家婢女跑來我房裡，我哪那麼笨就上了？誰知道會不會仙人跳？是吧。

果然，這陶生跟我一樣聰明，通過試煉，姜部郎認爲是好樣的！

這陶生家境清寒，住宅破舊，便跟部郎請託，要住進荒廢的宅邸。

部郎告訴他鬧鬼，書生便寫了〈續無鬼論〉一文，表明自己不怕鬼，「鬼何能爲」！

既然不怕鬼，又剛好缺人照顧空房，當然就答應讓他住進去了。

第一晚，就怪怪的。

「薄暮，置書其中；返取他物，則書已亡。」書放在那，才轉頭忙別的，回頭，書沒了！見鬼嗎？

夜裡，他躺在床上，假裝睡著。

見到兩名美眉，從房中出來（不是外頭哦！），把他不見的書，放回桌上。

一個約莫二十，另一約莫十七八歲，都是美女。眞好啊！怎麼鬼一出場，都要顏值高啊！

這兩個靚鬼，一點不怕生。走到書生的床榻前，相視而笑。

年紀稍大的那位，「長者翹一足踹生腹，少者掩口匿笑」。很調皮吧！一個用腳來踢踢你，一個掩口壓抑笑聲。換成是你躺在那，怎麼辦？

跟你一樣，不動心的，不算男人！

「生覺心搖搖若不自持，卽急肅然端念，卒不顧。」美女用美腳挑逗你，不動心才怪。但，還是跟我一樣，立馬提醒自己，要撐著！

這兩個調皮女鬼，更放膽了。

年長的女鬼，「以左手捋髭，右手輕批頤頰，作小響。少者益笑」。

這簡直是公然挑逗嘛！再忍下去，搞不好要脫我褲子了，噢不，是脫陶生的褲子了。當然，要反應了！

「生驟起，叱曰：『鬼物敢爾！』」嚇得二女立刻消失。陶生這時知道鬧鬼是眞的了。怎麼辦呢？走嗎，會被恥笑，你不是說不怕。不走嘛，又不知女鬼玩什麼花樣？

於是，乾脆不睡了，起來讀書。

直到半夜，累了。隱隱約約，睡夢中，「覺人以細物穿鼻，奇癢，大嚏；」暗夜中有人以細物搔你鼻孔，打了噴嚏後，只聽到隱隱的笑聲。又來作弄你了。書生繼續裝睡。過一會，又見少女以紙條揉成細細狀，「鶴行鷺伏而至，生暴起訶之，飄竄而去。既寢，又穿其耳。終夜不堪其擾。雞既鳴，乃寂無聲，生始酣眠，終日無所睹聞」。

文字之美，無分文言白話。試看這「鶴行鷺伏」，以鳥的動作，描述年輕女鬼躡手躡腳，靠近書生的畫面，是不是很生動？

調皮搗蛋的兩個靚鬼，鬧了一夜，搞得書生疲憊不堪。

眞是鬼也欺負好人啊！知道你是書生，可能長得也不錯吧（應該是），所以敢一再戲弄，換成是〈聶小倩〉裡的兇悍的燕赤霞，妳鬧鬧看！一劍把妳劈兩半！

既然不怕你這帥書生，當然隔夜又來啦。

書生吃過晚餐，準備通宵達旦讀到天亮。

年長的女鬼，看書生讀書，趁他沒主意，突然把書闔上。「生怒捉之，即已飄散；少間，又撫之。生以手按卷讀，少者潛於腦後，交兩手掩生目，瞥然去，遠立以哂。」實在是欺負人啊！大的鬧完，小的鬧；書生顧得了這個，顧不了那個。一個翻你的書，一個蒙你的眼，鬧完了，站在遠處一直笑。這，這，這根本是調情嘛！不是嗎？

書生氣得大罵：小鬼頭，捉得便都殺卻！

但你書生憑什麼殺人家？手無縛雞之力。只剩一張嘴。

咦，突然書生變聰明了。他眞的憑一張嘴了。

他油腔滑調起來。「房中縱送，我都不解，纏我無益。」我不懂什麼「炒飯」之類的房中術，妳們糾纏我幹嘛呢？

這兩位鬼美眉也有趣，聽著聽著，竟然就幫書生起灶生火洗米煮飯了。

煮好後，把碗筷放好，請書生用餐。繼續戲弄書生，說飯菜中有砒霜鴆毒。書生笑笑，說我們素無恩怨怕什麼。說完便把一碗飯吃掉。這對靚鬼，爭著替他盛飯。

以後，這樣嬉鬧，做飯，成了習慣。書生當然要問她們兩人的來歷。

原來年紀長的，叫秋容，姓喬。年幼的，姓阮，叫小謝。

知道了吧！市場名，是很通俗的，大美女秋香，靚鬼秋容，名字普通，是不是都不妨礙美麗啊！

知道名姓，於是再問她們的出身。

小謝笑他：「癡郎！尚不敢一呈身，誰要汝問門第，作嫁娶耶？」你這個宅男哦，連身體都不敢露給我們看，還要問我們的家世，幹嘛，要娶我們啊！（這美眉，夠嗆吧，我喜歡。）

這陶生，下面這段話，說得眞好。看來，讀書，會寫作，還眞是不錯的。

他認眞地說：「相對麗質，寧獨無情；但陰冥之氣，中人必死。不樂與居者，行可耳；樂與居者，安可耳。如不見愛，何必玷兩佳人？如果見愛，何必死一狂生？」

歐買尬！說得多義正詞嚴，多感人肺腑啊！

無論妳是靚鬼，還是佳人，試試看，讓我爲妳翻譯如下：

面對兩位美眉，我豈能不動心！（不動心，我就不是男人啊！多年後，台北有一位市議員曾模仿這口氣）但是，陰氣逼人，可以致人於死。妳們若不想與我同住，儘管走。若願意留下，就請安心住。如果我不能得到妳們的愛，我何必玷汙妳們；如果能獲得妳們的愛，又何必讓我這狂生去死呢？

哇，書生這麼認眞，說完心中的告白。妳說妳說，換成妳是那美女，怎麼辦？二女相顧動容，自此不甚虐弄之。有小鹿亂跳，愛的小花發芽滋長的感覺哦！但，愛苗滋長後，關係是不是要進一步呢？

這兩位美眉，雖然是鬼，可是，他們也有「哥哥我要」的情愫啊！

「然時而探手於懷，捋袴於地，亦置不爲怪。」

什麼情況？就是兩位美眉，動不動便伸手進書生的懷裡，動不動便脫他的褲子，但書生也不以爲怪。

有事嗎？書生也許這麼想。但，沒事嗎？沒事人家脫你褲子幹嘛！

性，顯然在蒲松齡的筆下，也是極爲壓抑的議題啊！

25

人鬼戀，浪漫。但人鬼婚，人鬼成家，應該怎樣借人身體，靈肉合一呢？——人夫與鬼妻，師生戀，還3P的〈小謝〉（下）

一對姊妹花，同時愛上一個男人，會爭風吃醋嗎？

一夫一妻制，有妳無我，除非姊妹一人退出，否則，不明爭暗鬥一番，難以收場。

可是，若兩女可以共事一夫呢？看來皆大歡喜，不過，感情永遠有獨占性，表面看來妳我雨露均霑，但日常相處久了，不會發生愛的多寡爭執嗎？

三人，行不行?!從數學上看，永遠比一對一，複雜啊！何況，感情問題，從來不是數學問題。

我們繼續看陶望三與秋容、小謝的深入發展吧！

話說，兩位靚鬼，與書生夜夜相聚，手腳逐漸「不太乾淨」起來，動輒對書生動手動腳。

但，問題是，書生像柳下惠，居然不心動！是眞沒興趣，還是不知道該在兩個靚鬼中挑誰先下手呢？

某天，書生放下手邊抄寫工作出門去了。

回來時，小謝伏在桌前，代他抄錄。見到書生，趕忙笑著丟下筆。書生近看她的書寫，雖稱不上好，但字跡整齊，書生稱讚她，說若有心練習，願意教她，說著說著，便把小謝摟在懷中，握著她的手腕練字。

好死不死，恰在此時，秋容從外走進。一見此景，臉色乍變。小謝尷尬的說，小時候曾經跟父親練過，荒廢許久。但秋容沉默不語。

這書生機靈，立馬把秋容拉過來，也抱在懷裡，把筆拿給她，讓她寫幾個字。秋容寫完，書生大讚：「秋容大好筆力！」這時，秋容方面露笑容。

知道了吧，兩個女人，不好搞的！

雖說姊妹情誼，但愛上同一個男人，還是要比誰會吃醋啊！

這書生聰明，知道問題大條了。於是，「折兩紙爲範，俾共臨摹；生另一燈讀。竊喜其各有所事，不相侵擾。做畢，祇立几前，聽生月旦」。乾脆，讓妳們姊妹，一人一張紙，各自臨帖，書生在一旁讀書，彼此互不干擾。

但，兩人寫完字，總要請老師講評一下吧！

講評總要有好壞，不能一再鄉愿吧！

秋容顯然認字不多，「塗鴉不可辨認」，一聽講評，就知道不如小謝，臉色露出慚色。可是書生總是勉勵有加，才讓秋容感覺好受。

一個男人，懂得在兩位美眉中，恰如其分的周旋，哄得兩人「感覺就是我，卻十足沒把握」！怎不激勵她們更加使勁的討好書生呢？

「二女由此師事生，坐為抓背，臥為按股，不惟不敢侮，爭媚之。」妳叫他老師，我喊他師傅，他坐我們搶著抓背，他躺我們搶著按摩，小娘子拚啦，看誰比較美。

這書生，你別看他書呆子一個，沒想到，還會扮豬吃老虎呢！

以前當家教，常聽家教中心說，男帥女美家教好賺，因為對學生有激勵效果。我不得不信，因為，我自己可能就由於顏值不錯的緣故，才家教機會不斷啊！（嘿嘿！）

可是，對兩位靚鬼學生來說，帥老師最激勵的效果是，「誰都不想在老師面前認輸」。兩人競爭一個多月後，小謝的字愈來愈好，書生若一稱讚，便令秋容受不了，「粉黛淫淫，淚痕如綫」。眼淚流過化了妝的臉龐，如一條條線痕！這怎不叫老師心疼呢？

果然，老師百般勸慰。妳既然字不行，那來試試讀書吧！

「因教之讀，穎悟非常，指示一過，無再問者。與生競讀，常至終夜。」厲害吧！天生我才必有用，妳小謝字漂亮，我秋容會讀書，領悟強，一點就通。看老師喜歡誰？

這小謝又把她弟弟三郎找來，拜在門下。小謝、秋容是鬼妹，三郎自然是鬼弟啦。

這鬼弟年十五六，姿容秀美，花美男一個。

書生讓他跟秋容專攻一經，室內充滿兩人吟誦的聲音。「生於此設鬼帳焉。」別的老師開館授課教人，沒什麼；這書生陶望三，才叫酷，他教的全是鬼學生！

有趣的還不只於此。這宅邸主人部郎，聽聞他教起鬼學生之後，不以爲忤，還付他薪水。大槪是書香門第，心想卽便鬧鬼，至少鬧的也要是「有氣質的鬼吧」！

幾個月下來，秋容和三郎，進步到可以寫詩，互相唱和了。

來了，來了，這姊妹心結又來了。

「小謝陰囑勿教秋容，生諾之；秋容陰囑勿教小謝，生亦諾之。」你看看，這老師，究竟是爛好人，還是壞傢伙啊！安的是何居心呢？

有一天，書生要出遠門應試了。兩位女學生依依不捨。三郎勸他，此行有難，最好稱病取消。書生不依。果然，出事了。

這書生跟我一樣，喜歡議論時事，不知不覺得罪了有權有勢的人。他們暗地買通主管教育考試的官吏，給他按上行爲不檢點罪名，關進監獄。書生毫無門路可以喊冤，覺得自己完蛋了。一夜，秋容竟飄忽而入（果然是鬼，穿牆而入），說她與三郎一塊來，三郎替他伸冤去了。不料，秋容離開後，三日不返。監獄裡度日如年，「生愁餓無聊，度一日如年歲」。

你一定覺得，那小謝呢？她怎麼沒出現呢？

該她出場了。她傷心難過的告訴書生，秋容經過城隍廟，被西廊黑判看上，強行擄去，逼她做小妾。

看看蒲松齡是如何爲我們留下一段珍貴的「權力食物鏈」紀錄！

城隍廟等同人間地方官，一個西廊黑判，就膽敢擄走一個鬼眉逼她做妾！這是什麼「鬼世界」啊？做人不易。做鬼也難啊！

但秋容不肯，於是被關押起來。那小謝我呢？也很可憐哪，老師！

「妾馳百里，奔波頗殆；至北郭，被老棘刺吾足心，痛徹骨髓，恐不能再至矣。」光說怕你不信，老師您看看嘛，人家為你奔波，腳很受傷呢！果然，血跡斑斑。老師心疼啊！

說著說著，留下三兩金子，黯然離去。

換個場景，來看看三郎的處境。

官署認為伸冤的三郎，與書生非親非故，幹嘛沒事要代為控訴？無端鬧事，用刑！不料，衙役才撲向他，一瞬間，人卻不見了，怪吧！

怪異之餘，官署才認真看三郎的訴狀，「覽其狀，情詞悲惻」。（看到沒？作文有多重要了！）感動之餘，提問書生，問他三郎是誰，書生假裝一頭霧水。官署更加覺得這「消失的三郎」，必然有冤情，於是便無罪釋放書生。

書生回住處後，屋內不復往昔熱鬧，只剩他孤單一人。

深夜，小謝出現了，黯然告訴他，三郎在官署要用刑時，被廨神押赴冥司，冥王認為三郎夠義氣，讓他轉世投胎到富貴人家去了。

至於秋容，則一直被關押，小謝投訴城隍，又被攔在外面不得其門而入。（衙門都一樣啊，小老百姓，誰理你！蒲松齡又借題發揮，K司法勢利眼啦！）

書生愈想愈氣，大聲咒罵：「黑老魅何敢如此！明日仆其像，踐踏爲泥，數城隍而責之；案下吏暴橫如此，渠在醉夢中耶！」

罵得好，罵得妙，上梁不正下梁歪，乾脆直搗黃龍，砸爛你的神像，痛罵你這長官是吃啥做啥的，放縱屬下如此濫權！（是不是？蒲松齡又指桑罵槐啦！）

說來有趣，天將明之際，突然秋容回來了！

原來，那位狗官黑判，不知怎地，聽到書生不惜一搏的咒罵了，趕忙對秋容說：「我無他，原以愛故；既不願，固亦不曾汙玷。煩告陶秋曹，勿見譴責。」嘿嘿，有意思，原來有權有勢者欺負人，也是柿子挑軟的。你要敢跟他拚，他還眞會怕呢！

這時，書生開竅了。這兩位鬼美眉，竟然這麼深愛他這窮書生啊！

於是，感動之餘，終於想要，嗯，想要跟她們上床了！

他說得多感人，要上人家，還要擺出一副大義凜然的氣勢，「今日願爲卿死」。因爲他要上的是「鬼」。人鬼兩隔，鬼都是吸人陽氣的，當然要冒險啦。（換成是你，你敢冒險嗎？告訴你，我會。）

兩位美眉，被感動了。「何忍以愛君者殺君乎？」我們這麼愛你，怎麼忍心因爲愛，而令你被傷害呢？

天哪，多感人啊！

但書生不爲所動，堅持要愛愛，噢不，堅持要愛！

終於精誠所至，金石爲開，何況是美眉的兩腿之門，噢不，是美眉的心靈之門呢？

三人行，行了！從此書生不早朝，羨煞人哦！

但人鬼日夜3P，終歸不是辦法。

就像所有鬼故事一樣，書生某日走在街上，一位道士攔住他，「身有鬼氣」。書生心裡有數，便詳情告之。

沒想到，這道士好心。「此鬼大好，不擬負他。」這兩位鬼美眉好啊！你千萬不要辜負她們！道士做到這樣，不是道行高，就是愛眉一族吧！

但畢竟人鬼殊途，道士也不能不理睬。

他給了書生兩張符咒，「歸授兩鬼，任其福命：如聞門外有哭女者，吞符急出，先到者可活」。哇勒靠腰呢！這在幹嘛？玩大風吹，搶位子嗎？看誰跑第一，還要不忘吞符。

一個多月後，果然門外傳來哭喊「我的女兒啊，妳好命苦啊！」的哭女送葬聲，二女爭先恐後搶著出去（忘了姊妹情哦！）小謝跑得快，但她忘了吞符。秋容從容奔出，入棺而沒。小謝哭著回家。（她也沒有祝福姊姊轉世成功哦！）

書生仔細一看，是富翁郝家的女兒出殯。因爲現場都看到有一女子奔進棺木，驚訝之際，又聽見棺木內有人聲，打開一瞧，赫然死者復生！

死而復生的郝家千金，卻對郝父說「我不是你女兒」。但她全身上下，明明是郝家千金啊！

郝父當然不能相信，換成是你，恐怕第一時間，反應是一樣的。

但這女兒死命說她不姓郝，還要找陶書生。沒辦法，郝父找來書生，書生當下知道就是秋容，「面龐雖異，而光豔不減秋容，喜愜過望，殷敍平生」。當然不一樣啦，這軀體是郝女的啊！但，還好，顯然也是美眉一個！不輸秋容。（有沒有想過，萬一，萬一這郝女「長得很一般般呢」？書生敢認嗎？）

別忘了，秋容固然借殼上市了，但小謝還是鬼啊！

果然，當郝女復生，郝父開心（雖然不是原來的女兒），把書生與郝女（秋容）送做堆後，沒想到，連續六七夜，小謝都在暗處哭泣（鬼泣），鬧得書生與秋容「不能成合巹之禮」，就是上不了床啦！試想，卽便西門慶那麼色吧！在脫了褲子，裸裎相對時，旁邊一直有個女鬼在哭泣。誰，誰還有性致啊！（這小謝，還眞是夠狠啊！）

這時，道士又有用處了。

書生跑去苦苦哀求。道士無奈，隨書生返家。獨自在一靜室打坐，不吃不喝，十餘日後，突然有一少女明眸皓齒，掀開門簾進入，笑著說，跋涉一整晚，累死了，道士帶著我來這裡，趕快見到該見的人，我好完事啊！

到了黃昏，小謝一進屋內，這少女立刻上前迎抱，「翕然合爲一體，仆地而僵」。合體了。

道士這時出來，「拱手逕去，拜而送之」。很神祕兮兮吧！反正你我看不見他送誰。

不久這少女甦醒，小謝也找到「軀殼」啦！

這事，於是便過去了。

幾年後，書生有位同年應試的朋友，叫蔡子經，經過這裡，來拜訪陶書生。在屋內看見小謝，好奇，一路尾隨，引起書生不滿。（你看啥，沒見過美女嗎？）

蔡子經對書生說，詭異啊詭異，我小妹妹三年前夭殞，不知怎麼，治喪期間，屍體卻不見了，「適見夫人，何相似之深也？」

這書生當然心知肚明，八成是怎麼一回事。

他笑著要蔡子經等候，然後要小謝穿著當年少女身上的殉裝出來。蔡子經嚇一跳，「眞吾妹也！」隨卽流下眼淚。書生才把故事原委，完整地告訴他。

蔡子經開心的說：「妹子未死，吾將速歸，用慰嚴慈。」么妹沒死，我趕緊回去，告訴母親，免得她繼續日夜懸念啊！

故事結尾，郝家，蔡家，都因爲女兒死而復生，與書生一家三人，往來親密。

女鬼可以借屍還魂，夠玄吧！

我好奇的是，靈魂是秋容，是小謝；軀體是郝女，蔡女，軟體硬體完全契合嗎？運作不會卡卡嗎？這也太神奇了吧！

蒲松齡講完這故事，不是沒有疑問的，他在故事後的評點，就說：「道士其仙耶？何術之神也！苟有其術，醜鬼可交耳。」

是啊，如果眞有這種神仙，這種仙術，那鬼也不必個個要帥，要美啦，反正找個死去的帥哥美女，借殼上市不就好了嗎？

我又想到影集《碳變》內，討論的的問題之一。

人死，再換「義體」重生（類似義肢的概念），即可不斷的活著（靈魂不死，軀殼更新），但眞的快樂嗎？所有世間的喜怒哀樂，不斷重覆，不會很無聊嗎？

其實《聊齋》欠缺了一些更形而上的，抽象意義的人生思索，我有注意到。

26

花神崇拜中，不免流露出花無百日好，聚散兩依依的情愁。——但美女總是真性情啊，不是嗎，荷花三娘子？

「荷花三娘子」，你不覺得這名字多嫵媚嗎？

我一讀到這故事，便深深著迷。

滿塘荷花，隨風搖曳。一位靚女，飄搖其間。

你遇見她，在滿滿荷花的池塘邊。她對你點點頭，自稱三娘子。

你尾隨她，小姐貴姓大名？她笑語盈盈，說在荷花中相見，不妨叫我「荷花三娘子」吧！

你癡癡呆呆，望著她身影消失，滿塘荷花，隨風起舞。

你喃喃自語，荷花三娘子，荷花三娘子，荷花三娘子。

突然，你太座靠過來，在幹嘛，看書看到喃喃自語啊！你叫誰的名字？

啊！沒啊！我在讀《聊齋誌異》，讀到〈荷花三娘子〉這一篇。

你看到你的女神，皺眉瞪你一眼，書癡。

你的心思，回到〈荷花三娘子〉。

話說，湖州有位讀書人，宗湘若。

看來，家境不差，「秋日巡視田壠」。

只見不遠處，禾稼茂密處，振搖甚動。他好奇，往前查看，乖乖，「有男女野合」。

這裡，有兩個看點。一，野合，你懂，野外，做愛。二，顯然這故事背景在北方，南方水田，毫無可能野合。北方旱地，高粱大麥裡，野合舒服啊！（不怕蟲咬的話。）

這書生，很識趣（也可能常常巡視到這些野合），笑笑離開。

誰知，大概是被人發現了，不好意思，野合中的男子，竟匆匆穿上褲子走人！

男的不幹了，女的還能怎樣？「女子亦起。細審之，雅甚娟好。」嘿，這女的，還長得不錯哦！

書生動了念，心想妳可以跟他做，那我也可以嗎？但隨卽想想，眞噁心，自己讀書人耶，怎

有這念頭，骯髒！（天人交戰）

可男人嘛，心中想的，嘴上說的，手腳動的，完全可以不一致。

只見他靠過去，伸手摸摸那女孩，「桑中之遊樂乎？」廢話，不是遊樂，難道是在上工，耕田嗎？

女生心底一定這樣想。

但寶寶嘴上不說，看你這書生玩什麼把戲，「女笑不語」。

女生笑，不言語，在男人看來，不就是沒拒絕的意思嗎？

這位宗先生，膽子大了。他「近身啓衣，膚膩如脂」。哇，他掀開對方衣服，皮膚眞好，滑嫩如脂玉。忍不住，動手去撫摸了，「於是挼莎上下幾徧」。

人家女生可說話了，「腐秀才！要如何，便如何耳，狂探何爲？」

這小美女潑辣吧！你這迂腐秀才，怎這麼沒用，想要老娘，你就說啊。幹嘛，摸來摸去的！

（不覺得很有潘金蓮的口氣？）

書生尷尬了。大概要掩飾困窘，於是又問對方姓氏。

這刁鑽小美女，再度撿到槍。

「春風一度，即別東西，何勞審究？豈將留名字作貞坊耶？」

我太愛這女生啦！對啊，你我不過是野地裡苟合的男女，做完了，你走你的，我過我的，幹嘛問名問姓，難不成，要替我做一道貞潔牌坊嗎？

哇，你不覺得她太迷人了嗎？

換成現在，當網紅，她一定爆紅！

我強烈懷疑，多年後，大詩人徐志摩的〈偶然〉，說不定，在這裡被啓發過。不信嗎？你比較一下那口氣。

我是天空裡的一片雲
偶爾投影在你的波心
你不必訝異
更無須歡喜

在轉瞬間消滅了蹤影
你我相逢在黑夜的海上
你有你的，我有我的，方向
你記得也好
最好你忘掉
在這交會時互放的光亮！

有沒有？有沒有！根本就是「春風一度，即別東西，何勞審究」的白話詩文版嘛！

好啦，女生都這麼大方了，要上就上，要做就做，你宗先生，怎樣呢？蛋頭始終是蛋頭，你看他怎麼回的：「野田草露中，乃山村牧豬奴所爲，我不習慣。以卿麗質，即私約亦當自重，何至屑屑如此？」我不習慣「野戰部隊」作戰方式啊！（感覺起來，有點像在罵別人賤！但還好，他立馬轉了語氣）妳麗質天生，不應該這麼隨便啊！

果然，書生讚美，美眉開心。

「女聞言，極意嘉納。」那好啊！哥哥，我們去哪？

宗生說，我家不遠，去那吧！

既然不是野合，要來正式的到家裡約會，女生突然氣質起來。

「我出已久，恐人所疑，夜分可耳。」我出門太久了，怕家人起疑，還是晚上來找你吧！她問清楚關於宗府的地點門牌後，便離開了。

她可沒擺爛哦！入夜，眞來了。「殢雨尤雲，備極親愛。」中文字，多有學問啊！這「殢」，發音同「替」，纏綿的意思。尤字，是更多，更進的意思。如果用白話文，就一點意境都沒了，因爲「嗯嗯啊啊哥哥我要」誰不會？但，雲雨巫山，翻雲覆雨，你來我往，殢雨尤雲，便有學問多了！

兩人偷偷約會，無人知曉，數月後，宗生走在街上，一位番僧看見他，驚訝說你身上有邪氣，遇見什麼了嗎？宗生說，沒啊！

又過了幾天，宗生病倒。

這美女每晚帶著水果來看他，情同夫妻。可是，每晚都一定要書生跟她做愛。宗生病了，體力不支，感覺撐不住。

他開始起疑，怎麼會有女人這樣需索無度呢？她不會是，不會眞是妖精吧？

他要試試這女子，於是便說，有和尚說我可能遇上妖精，我如今生病，看來似乎應驗他的話，明天我去找他，弄幾張符咒來試試。

女子一聽，臉色驟變。宗生更加起疑了。

隔天，他果眞去找和尚，和尚說，她是狐狸，道行尚淺，容易對付。

說完，畫了兩道符咒，「歸以淨罎一事，置榻前，卽以一符貼罎口。待狐竄入，急覆以盆。再以一符黏盆上，投釜湯烈火烹煮，少頃斃矣」。洗乾淨一個罎子，放床前，在罎口貼符，一旦狐狸進去，馬上用盆子蓋住罎口，再貼上第二道符咒。然後放進熱水裡烹煮，很快狐狸就掛了。

狠吧！這道士專業，但無情啊！

可是，人間事，感情事，往往一個情字，最難講！

當夜，女狐又來了。一如預期，她從袖子裡掏出金橘，遞給書生，不料，說時遲那時快，

「忽罈口颼飀一聲，女已吸入」。書生家人趕緊依道士吩咐，封住罈口，正準備把罈子放到爐子上烹煮。書生那時，一看滿地金橘散落，心中不忍，要家人放她一條生路。女子從罈中出來，神情狼狽，卻心存感念，「大道將成，一旦幾爲灰土！君，仁人也，誓必相報」。說完，便拜別而去。

幾天後，宗書生病情更爲嚴重，看來去日不遠，家人爲他準備棺木因應後事。在買棺木的路上，遇見一名女子，問他們是否爲宗書生家人？確定之後，那女子說她是宗郎表妹，特來送一靈藥。

藥帶回家後，宗書生心想，自己並無表妹，這應該是那美狐狸的報恩，於是不疑有它，藥一吃，果然好很多。十來日後，痊癒了。

書生知道那妖狐並無害他之意，痊癒後總是期盼能再見她一面。

某夜，他室內獨飲，有人突然敲窗，他開門一看，就是狐女，大悅，請她進來，把酒言歡。女生告訴他：「別來耿耿，思無以報高厚。今爲君覓一良匹，聊足塞責否？」我沒法報答你，可以爲你找一位匹配的佳人，善盡我的責任嗎？

這書生，太現實了，知道與狐狸不宜長期愛愛，便問：何人？美狐說：「明日辰刻，早赴南湖，如見有採菱女，著冰縠帔者，當急舟趁之。苟迷所往，即視堤邊有短幹蓮花隱葉底，便采歸。以蠟火爇其蒂，當得美婦，兼修齡。」什麼意思？簡單講，就是在南湖，你看到採菱角的女生，便划舟跟上她。倘若跟著跟著追丟了，別怕，注意堤岸邊有隱藏於葉子下面的短幹蓮花，便採下它，回家後，用蠟燭燒它的花蒂，自會出現一位美女，你可以與她相親相愛啊！

說完美狐要走，宗書生拉住她，美狐說自從上回遭遇劫難後，自己大徹大悟，不應拘泥同床的恩愛，反而導致所愛之人被傷害，於是堅持求去。

書生依照美狐的建議，來到南湖。果然處處是採菱的佳麗。

他找著找著，終於看到一位「衣冰縠，絕代也」的美女。追著追著，一如美狐的猜測，荷花叢中，他追丟了。

他於是撥開荷花叢，「果有紅蓮一枝，幹不盈尺，折之而歸」。

回到家，「削蠟於旁，將以爇火。一回頭，化爲姝麗」。美人眞的出現啦！

這美女對他說：「癡生！我是妖狐，將爲君崇矣！」你這癡漢啊，我是狐狸精耶，你在自找麻煩嗎？

宗生不聽。開玩笑，美女到手，妳說狐狸精，我就害怕啊！牡丹花下死，做鬼也風流啊。誰怕誰啊？

美女問他，是誰教他這一招把眉術的？

書生回她，我幹嘛要人教？我自己就會啊！

說完，怕她跑了，「捉臂牽之，隨手而下，化爲怪石，高尺許，面面玲瓏」。眞是狐狸精啊！你抓住她，她卻幻化爲石頭。

書生也非省油的燈，把石頭放在案上，焚香而拜（把妳當神），門窗關緊，怕她跑掉。但天明之際，細看，又不是石頭了，是「紗帔一襲，遙聞薌澤；展視領衿，猶存餘膩」。這根本是挑逗嘛！從石頭變成柔軟的紗製披肩，摸摸它，聞起來，還有皮膚上滑膩的香味。這什麼跟什麼嘛！狐狸精！

這書生，果然意淫不輸賈寶玉，他就抱著這披肩睡覺。抱著抱著，美人出現了。

這美女笑他，「孽障哉！不知何人饒舌，遂教風狂兒屑碎死！」女人啊女人，一旦你聽他罵你，你這孽障啊，你這殺千刀的，八成她是愛你了。她叫你去死，你最好不要當眞，因爲她八成愛你了。

於是，兩人繼續這麼拉鋸，直到，嗯，終於做愛做的事了。

但奇怪哦，兩情相悅後，家裡「金箔常盈箱篋，亦不知其自來」。眞好，錢財就像泉水一般汩汩而來。可是這美女，見到外人，只是「見人諾諾，似口不能道辭；生亦諱言其異」。怪了，怎麼回事呢？在外人面前，就是不善言辭。

美女懷孕了，十餘個月後，估計要生了，美女要書生關門謝客，「自乃以刀剖臍下，取子出，令宗裂帛束之，過宿而癒」。自己動手，孩子出生，割斷臍帶，叫惱公剪下一段帛布，把傷口包紮，隔天竟痊癒了！

現代婦產科醫生理當全部傻眼。

六七年後，這美女對宗生說，我們該分手了，「夙業償滿，請告別也」。

宗生不捨，我都是靠妳才有今日，妳怎麼忍心說走就走？何況未來孩子長大，不知母親在何方，不是一件很遺憾的事嗎？

美女惆悵地回他：「聚必有散，固是常也。兒福相，君亦期頤，更何求？妾本何氏，倘蒙思眷，抱妾舊物而呼曰：『荷花三娘子！』當有見耳。」聚散兩依依，有聚有散啊。兒子福相，你亦可高壽，我不擔心啊。若想我，不妨拿我的舊物，喊我荷花三娘子，你便能解相思之苦啊！

說完，美女哭泣而飄去。

宗生不捨，跳起來，想捉住她，卻只抓下一隻鞋子。

「履脫及地，化爲石燕；色紅於丹朱，內外瑩澈，若水精然。」鞋子變成石頭燕子，紅色透明，宛如水晶。

書生把石燕收在箱子內，箱中還有美妻當年穿著的冰縠披肩。睹物思人，每每想念至極，便抱著披肩喊「荷花三娘子」、「荷花三娘子」！瞬間彷彿美人浮現眼前，宛若眞人，只是她不言不語而已。

這故事，感人吧！

人生有聚有散，惟愛是眞吧！

這故事末尾，引了一段詩人陸游的句子做註腳：「花如解語還多事，石不能言最可人。」

你懂得其中意境嗎？有時多言，無益。有時，沉默，美好。

荷花啊荷花，三娘子還在嗎？

27

多美的名字啊，辛十四娘！當她穿越時空，跨越人狐，穿著紅衣紅鞋涉水而來時，有哪個男人能夠抗拒呢？（上）

不信嗎？紅衣紅鞋美女，始終是一種魅惑！

不然，怎麼現在已是大牌主持人，當年以健碩身材，歌手出身的徐乃鄰，要唱〈紅鞋女孩〉？

多年後，天團「蘇打綠」也翻唱了它，以更接近新世代的唱腔，唱的卻是我們心底的魅惑。而永遠的搖滾詩人，伍佰，亦難以抗拒的，要唱出〈皇后的高跟鞋〉呢？「她已經走過來，正對你走過來，閒人快閃開，她正在走過來。」而她穿的，也是紅色的高跟鞋。

一旦我們心頭，我們記憶，我們的愛恨交織裡，有了這一抹紅的光澤。沒錯，張愛玲不是講過「紅玫瑰」、「白玫瑰」的對比嗎？紅色，一直是一抹擦不去的印記。

《聊齋》裡的〈辛十四娘〉，便以這樣的動人紅影，拉開序幕，拉開一個才情縱橫，放蕩不羈的書生，一生的光影故事。

辛十四娘，一登場，便魅力十足，無可抗拒。

男主角，馮生，「少輕脫，縱酒」。一看便知，是年少輕狂的書生。

某日，獨行，「遇一少女，著紅帔，容色娟好」。全身上下一片紅，走在山林間，豈不媚惑，誘人。

出場的姿態，還不僅於此哦！

這亮麗的紅衣美眉，跟著一位小僕役，踏著露水小步快跑，鞋襪都濕透了，「從小奚奴，躡露奔波，履襪沾濡」。

跟所有年輕男子差不多，好奇啊，這麼一位美眉，僕人相伴，行色匆匆，要往哪裡去呢？

但畢竟萍水相逢，亦不好造次。

沒想到，這日黃昏，馮生喝了酒，搖搖晃晃回家途中，有一座荒廢的古剎。「有女子自內出，則向麗人也。忽見生來，即轉身入。」不就是她嗎？這也太巧了吧！所有的愛情故事不是都必須有這些巧合嗎？不然怎麼講下去？

美女怎麼會在破廟裡出現？「麗者何得在禪院中？」

像我這種理性男子，又讀過《聊齋》的，八成便知，事有蹊蹺，碰不得，閃人最好！

但這位馮生，總是年輕，色膽包天嘛，他繫好驢子，尾隨美眉之後，進入破廟了。

進去一看，斷垣零落，階梯上長滿了蔓草，他正在猶豫，一個老頭出現了。

問他，是誰。

他說偶然路過，看到這座古剎，好奇進來看看。您老先生，怎麼會在這裡呢？

老先生回他，四處爲家，暫時借住這，公子你既然來了，不妨以茶當酒，喝一杯再走吧！

馮生豈有不跟的道理，不就是爲美眉而來的嗎？

他進入後院，頓時景觀不一樣了，「石路光明，無復蓁莽，入其室，則簾幌床幙，香霧噴人」。

有鬼啊！還不起疑嗎？

前面破破爛爛，後院乾淨華麗，香氣繚繞，不奇怪嗎？

但書生，一心一意，「不看妳的眼，不看妳的眉，看了心裡都是妳，忘了我是誰」，哪能聽到我遙遠的呼喚與提醒呢？

老人家自稱姓辛。

這書生，精蟲上腦，膽氣上身，直接就問：「聞有女公子，未遭良匹。竊不自揣，願以鏡臺自獻。」眞是大膽書生，竟這麼直來直往！聽說你家有個女兒未嫁，我不是冒昧哦，但我眞的滿不錯的，很適合當她的夫婿。

古人講話，有學問的，喜歡賣弄。

賣弄什麼？當然是典故啊！

如果直接講，我就是乘龍快婿，太沒水準了，街上一半的痞子，都會這樣講，不是嗎？

你要不一樣，便須來點不一樣的。

這馮生，用的是「鏡臺自獻」，水準高嗎？

你不懂，對吧？顯然，這典故是有水準的啊！

這典故來自《世說新語》。

魏晉名士溫嶠，喪妻之後，想要再娶。

聽說劉氏有女，姿色才智兼具。

劉氏託他幫忙找位適合的女婿。他半開玩笑的說：佳婿不好找，像我這款的，怎麼樣啊？

沒想到，劉氏聽不懂他的暗示，就回他，你條件太好了，我們不敢高攀啊！雙方也就打哈哈，不了了之了。

隔了一陣子，溫嶠乾脆直接上門。但他畢竟資深文青，有創意。他對劉氏說，找到了找到了，這男子門第不差，也是官場名人，不輸我溫嶠哦！

劉氏大喜，趕忙追問是誰是誰？

只見溫嶠拿出一面玉製的鏡子，對著劉氏指指鏡子裡。

劉氏此時知道，就是溫嶠毛遂自薦啊！

皆大歡喜，一場喜事。

看到沒，就常常提醒你，沒事多讀書嘛，關鍵時刻，你自會脫穎而出嘛！

這馮生用了這麼有趣的典故，明示自己想當乘龍快婿。但也得要對方有點學問，聽得懂是吧！否則，對方若一頭霧水，啥物，你噴啥物？那不是弄巧成拙嗎？

但還好，這辛老頭，聽懂了。笑笑對書生說，讓我進去跟我太太商量商量。（看來跟我一樣，在家裡只能決定「倒垃圾」這大事，像「嫁女兒」這小事，唯有太太能決定。）

書生心想，既然文青，當然文青到底，於是，要來紙筆，寫下定情詩一首：「千金覓玉杵，殷勤手自將。雲英如有意，親爲擣玄霜。」

這首詩，又在炫學。典故太多，怕你煩，我就簡單說吧。

就是我會不惜花費千金，來找尋玉杵（意中人），如果小姐妳有心的話，我會親自在杵中擣藥，侍奉妳的家人。

這詩，是一舉三得，寫給美眉，寫給她爸，寫給她媽。

辛老進去了。

書生彷彿聽見後邊有竊竊私語的討論聲。

過了一會兒，老先生出來。

只跟書生東扯西扯，不提婚事。

書生忍不住了，問到底如何？

老先生場面話漂亮。「君卓犖士，傾風已久。但有私衷，所不敢言耳。」我們仰慕你的大名啊！但我們有苦衷，不好跟你講。

什麼苦衷，你講啊！

老先生說：「弱息十九人，嫁者十有二。醮命任之荊人，老父不與焉。」我們家有十九個女兒，嫁出去十二個了。怎麼嫁，都是我家太座決定的，我沒決定權啊！

馮生說，我中意的，是今天早上，跟著小僕人的那位踩著露水而行的美眉啊！「小生祇要得今朝領小奚奴帶露行者。」

老頭不理他了。兩人默默坐著。

這時，房內依稀有人在小聲對話。

書生等久了，應該也有點不爽，掀開門簾，闖入後邊房間，「伉儷既不可得，當一見顏色，以消吾憾。」既然夫妻無緣，至少讓我看看美女一面，免得遺憾啊！（夠莽撞吧！這兩段的性格描述很重要，是未來故事發展的伏筆。）

他一闖進去，沒錯，紅衣美女在那，但被他嚇了一跳。

「果有紅衣人，振袖傾鬟，亭亭拈帶。望見生入，遍室張皇。」驚擾寶貝女兒，辛老怎麼不氣！立馬叫人攆他出去。「辛怒，命數人捽生出。酒愈湧上，倒蓁蕪中。瓦石亂落如雨，幸不著體。」被丟包在草莽裡，碎瓦碎石，劈哩啪啦，甚是狼狽。躺在地上，馮生似乎聽到驢子在路邊吃草聲，爬起一看，果然，便狼狽跨上，夜色中踉蹌而行。

酒醉的他，夜色中，不知方向，誤入澗谷，「狼奔鴟叫，豎毛寒心。踟躕四顧，並不知其何所」。暗夜中，又是狼嚎，又是貓頭鷹啼，書生嚇都嚇死了，當然不知自己人在何方？走著走著，看到前方燈火明滅，似有村落，向前看到一座豪宅，敲門。門內問，何人？馮生回，迷路人。過了一會，門開，請書生入。

先是一婦人，與他寒暄，問他名姓。不久，幾位僕人，簇擁一老嫗，喊著：郡君老夫人到！馮生正要拜見，老嫗卻說免了免了，還問他，是否爲馮雲子的孫子？馮生點頭。老嫗說，那你也算我的外甥輩了。我年歲大了，不太走動，骨肉親人之間，都有些疏遠了。

馮生見老嫗這麼說，不敢怠慢，卻又抓不著頭緒，只好說年少失怙，父親那邊的親人都不熟悉了。

老嫗也沒再繼續這話題，反而問他，怎麼會深夜獨行？

書生一一告訴老嫗。老嫗笑說：「此大好事。況甥名士，殊不玷於姻婭，野狐精何得強自高？」

這話，透露玄機。顯然老嫗認識辛家，還罵他們野狐精！

老嫗向書生承諾，她來處理這門婚事。

老嫗問她的僕役，辛家有這麼標致的女兒嗎？

僕役邊回邊問：「渠有十九女，都翩翩有風格。不知官人所聘行幾？」

馮生說大約十五歲的女子。

僕役立刻斷定是辛十四娘。他提醒老嫗，三月間，曾經與她母親來向夫人您祝壽啊！記得嗎？

老嫗想想，「是非刻蓮瓣爲高履，實以香屑，蒙紗而步者乎？」就是那個鞋跟恨天高，鞋面刻著蓮花瓣，全身擦著香粉，走路時以紗蒙面的女孩嗎？（看看老嫗的話，多酸！）

僕人說沒錯就是她。

老嫗果然酸，不過還算欣賞那女孩。「此婢大會作意，弄媚巧。然果窈窕，阿甥賞鑑不謬。」哦，原來是她啊，這小女子很會假掰，賣弄媚巧，不過啊，還眞是長得凹凸有致，漂亮哦！我家這外甥有眼光！

她便支使僕人，去叫那女子來。瞧瞧她的口氣，氣派多大！「可遣小貍奴喚之來。」去，去，去叫那隻小狐狸來。

這，老嫗究竟是誰？官架子這麼大！

這辛家，究竟出身如何？看來他們也跟老嫗關係匪淺。

這，美女辛十四娘，又是誰呢？她是人，是鬼，是狐？

她會來嗎？她會一襲紅衣到底嗎？

且看下回分解。

28

多美的名字啊，辛十四娘！當她穿越時空，跨越人狐，穿著紅衣紅鞋涉水而來時，有哪個男人能夠抗拒呢？（中）

紅色，之魅惑，在於它的弔詭。

紅，是熱情，活力的象徵。

然而，危險訊號，亦首選紅色！

你看那美眉迎面向你走來，全身大紅，或腳登紅鞋，美麗無可抵拒，但危險就在下一步，你老婆在一旁不斷發出一級紅色警報，哦咿哦咿，惱公你快完蛋了！

二十世紀，締造美國電視寵兒一代風騷的帥總統甘迺迪，英年早逝後，糾纏他的身後評價之一，無疑是他跟一代妖姬瑪麗蓮．夢露的緋聞。

而瑪麗蓮．夢露身著一身紅衣紅鞋的性感造型，尤其風靡一時，當她在白宮，像生日禮物一般跳出來，向年輕英俊的甘迺迪唱出「噢，親愛的總統先生」時，其實，魅惑無窮的當下，也許亦早已鋪陳出紅色誘惑、紅色警訊的伏筆吧！

紅啊紅，妳是美，妳是魅，妳是勾人魂魄，妳是我無盡的沉淪。

我說的，應該是馮生，再次看到辛十四娘，出現於他面前，那一瞬間的，決心沉淪的勇氣。

老嫗叫僕人傳喚了辛十四娘，她豈敢不來。

不多久，來了。

僕人喊著：「呼得辛家十四娘至矣。」

「旋見紅衣女子，望嫗俯拜。」

跪下去拜，顯見老嫗與辛十四娘，兩人地位的落差。

是的，看看老嫗的言辭便知。

老嫗拉她起來，說：「後爲我家甥婦，勿得修婢子禮。」以後妳是我家的外甥媳婦了，不用行這樣的婢女禮節啊。

女子起身，默默無言。

老嫗伸手「理其鬢髮，捻其耳環」。

這段文字把老人家疼惜美少女的無言之情，寫得多美！幫她整理一下鬢髮，摸摸她的耳環。老少相對，一個看盡人間繁華，一個初嘗人生美好。

接著，純屬女人間對話。

老嫗問：「十四娘近在閨中作麼生？」妳最近忙什麼啊？

紅衣女低頭回：「閒來只挑繡。」沒什麼啊，有空便刺刺繡。

紅衣女邊答邊回頭看看書生，顯得害羞不安。

老嫗趁勢說：「此吾甥也。盛意與兒作姻好，何便教迷途，終夜竄谿谷？」這是我外甥，他有意要跟妳結緣，妳怎麼拒人千里，讓他在山谷裡終夜迷路晃蕩啊？

紅衣女低頭不語。

老嫗再進一步，「我喚汝，非他，欲爲阿甥作伐耳。」我找妳來，不爲別的，是要替我外甥作媒啊！

美女繼續沉默。

老嫗不管，叫人把床榻鋪開被褥，一副要兩人卽刻生米煮成熟飯的樣子。「命掃榻展裀褥，卽爲合巹。」

這美女終於打破沉默，說要經父母同意。

老嫗官大架子大，「我爲汝作冰，有何舛謬？」我替妳作媒，有何不可？

美女雖卑下，機鋒不差。她不卑不亢：「郡君之命，父母當不敢違。然如此草草，婢子卽死，不敢奉命！」

天啊，我也愛上這紅衣女了！

您要我嫁，說眞的，我父母也不敢違抗您。不過，您如果這麼草率，未經我父母同意，逼我成婚，我是死也不肯的！

氣氛僵了，怎麼轉場？

老嫗終究見過世面，立刻微笑點頭，「小女子志不可奪，眞吾甥婦也！」不但立刻找下台階，還非常長輩的，拔下紅衣女頭上的裝飾金花一朶，交給書生，算是定情之物。叫他回家，挑個好日子來迎娶。隨卽，叫人送紅衣女回去。

這時，遠處雞鳴，天色將明，老嫗讓僕人送書生出去。才離開不遠，書生一回首，赫然「則村社已失，但見松楸濃黑，蓬顆蔽冢而已」。房舍庭園都不見了！但見幾株巨大黑松，伴隨幾座舊墳而已。

書生站在那，想想，方覺悟到，這裡是薛尚書的墓地，而尚書是馮生祖母的弟弟，所以老嫗才稱呼馮生爲外甥。

想到這，他突然明白，遇鬼了！可是，這辛十四娘到底是人是鬼呢？

但她那麼美，無所謂啦！

書生這麼一想，意志堅定起來，不怕。回到家，翻閱黃曆，認眞找好日子了。

但，愛情本來令人忐忑不安，尤其在不確定狀態時。

書生心想：「恐鬼約難恃。」人都不易相信了，何況是鬼呢？

他不放心，再去那老廟看看。不看還好，一看，心涼了一半。「再往蘭若，則殿宇荒涼。問之居人，則寺中往往見狐狸云。」除了狐狸出沒，何來佳人？答案很清楚了。

不過，男人嘛，公子多情，哪管這麼多，是不是？

書生站在破廟裡，盤算著，「陰念：若得麗人，狐亦自佳」。只要是美人，管它是不是狐狸呢？他要耐心地等。

終於等到選定之日，他讓僕人打掃房舍，整理新房。終日等候佳人降臨，然而一直到夜半，都沒見花轎蹤影。他失望了，正要放棄之際，突然，門外一陣譁然。

書生趕出去，一瞧，花轎到了，兩位丫鬟，扶著麗人下轎。看來沒有什麼嫁妝，「妝奩亦無長物，惟兩長鬣奴扛一撲滿，大如甕，息肩置堂隅」。嫁妝就一只大甕，人到要兩個如鬣狗造型的工人扛進屋內。

書生等了那麼多天，還以爲喜事吹了，如今美女送上門來，哪還管它什麼奇奇怪怪的事呢！但馮生畢竟好奇，既然妳也不是人類，幹嘛要那麼聽鬼的話呢？「一死鬼，卿家何帖服之甚？」得了便宜還賣乖啊，這書生！人家若不怕你的長輩鬼，幹嘛要嫁你？

美女說：「薛尚書，今作五都巡環使，數百里鬼狐皆備扈從，故歸墓時常少。」瞧瞧，什麼鬼狐世界啊，活著當大官，死後依舊做大鬼官！方圓數百里，鬼啊狐啊的，都得像扈從一般侍候。你說我們家能不怕嗎？

隔天，書生去薛尚書墓祭祀。

回家後，看到兩位青衣差人，送禮物來，放在桌上後離去。辛十四娘見了，說那是郡君送的。

既然婚也結了，夫妻也做了，家庭生活於焉展開。

話說，這書生有一位朋友，是當地楚銀臺的公子。兩人年少時曾一起讀書上學，算是交情不錯。

公子聽說書生娶了狐婦，藉口送新婚禮物，到書生家裡祝賀。隔幾日，又找理由，請書生過去他家飲酒作樂。

辛十四娘偷偷觀察了這位公子，提醒書生「其人猿睛而鷹準，不可與久居也。宜勿往」。猿猴之眼，是小眼睛；鷹準之鼻，是鷹勾鼻。面相上，都是屬於心機重，心術不正的相貌。

書生新婚嘛，聽某大丈夫，又知道嬌妻非一般人，她這樣講，肯定有依據。所以，就婉拒公子的邀約了。

誰知，隔天，公子竟登門問負約之罪，太瞧不起我了，約你竟不來，怎麼，娶了水某，就瞧不起老友啦！

書生眞是書生，還記得故事一開頭，便提醒過讀者的，這書生是性格大剌剌的人。他竟然在跟公子對話之間，「評涉嘲笑，公子大慚，不懽而散」。大概是嘲笑公了小眼睛鷹勾鼻之類的，最後兩人不歡而散。

客人離開後，書生進房，還對妻子笑著描述剛才的會客狀況。

妻子一聽，面色慘然，（顯然妻子總是比惱公先看到麻煩！）「公子豺狼，不可狎也！子不聽吾言，將及於難」！對像公子那樣陰狠、記仇的豺狼性格型的人，你怎能隨便得罪他呢？欸，怎麼講，你都不肯聽，很快要吃虧的啊！

但惱公卻一副不在乎模樣，不會啦，不會啦的，要妻子不要多心。

不久，公子與書生又像往昔那般嘻嘻哈哈，彷彿盡釋前嫌。這便是辛十四娘擔心之處，公子深沉，心機重，並非像她惱公，是性格爽朗不記恨的人。

之後，兩人都去應試。公子第一，書生第二。公子爲了慶賀，辦桌請客，也邀了書生。

公子是公子哥兒，考試第一，當然不免炫耀。

酒過三巡，公子把他考第一的卷子，拿出來給書生看，（第一名向第二名炫耀示威！）客人們都懂場面話，相繼向公子稱讚，公子愈發得意。

大概酒也喝多了，公子這時向書生得意忘形地誇耀：「諺云：『場中莫論文。』此言今知其謬。小生所以忝出君上者，以起處數語，略高一籌耳。」大家都說考試嘛，不一定是眞工夫，靠點運氣，但依我看來，這話不對。我之所以能贏過你，無非是因爲文章一起頭，我便比你寫得好，不是嗎？

話一說完，賓客們當然又是一陣讚美諂媚，是啊，是啊的。

唯獨這笨書生啊，眞是不知人情世故，他竟然帶著醉意，大笑的說：「君到於今，尙以爲文章至是耶？」你還眞以爲你的文章寫得好啊，太好笑啦！

他話一出口，舉坐失色，竟有人當場不給主人面子?!別忘了，在座賓客，吃的，喝的，不都是主人請的客?何況人家也眞是考了第一啊！

公子當場氣得說不出話，「公子慚忿氣結」。

書生也後悔自己大嘴巴。回家之後，據實告訴妻子，應該也知道自己惹禍了。

嬌妻當然氣得不想多說，「君誠鄉曲之儇子也！輕薄之態，施之君子，則喪吾德；施之小人，則殺吾身。君禍不遠矣！我不忍見君流落，請從此辭。」欸，你啊你啊，惱公啊，你眞是不可救藥啊！怎麼就像個沒見識的鄉下人呢？你態度輕薄慣了，若是得罪人家君子，人家不在意，你只是傷了自己的德行，讓人瞧不起而已。但你的輕薄，若是得罪了小人，你知道嗎？很可能是要遭到殺身之禍的！欸，我實在不忍心看到你的下場，我們就此分手吧！

說完，妻子就堅定的，要離家出走了。

哎呀，哎呀，這書生這下知死了。老婆提醒再三，你卻再三犯規，說什麼，嬌妻都不想忍受了。她，紅衣美女，會離開嗎？

29

多美的名字啊，辛十四娘！當她穿越時空，跨越人狐，穿著紅衣紅鞋涉水而來時，有哪個男人能夠抗拒呢？（下）

讀〈辛十四娘〉，應該注意到，蒲松齡對女性，有著超越同時代男人的視角，他常常讚揚女性優雅、堅毅、處事明快，且卿本佳人、卿本多情的特質。

這也許跟蒲松齡科場失意，因而，在日常生活裡，更加留意到賢妻良母對他的寬容幫助有關。

他筆下的女人，不管是鬼，是狐，乃至是人，多半兼具溫柔多情、處事明快、敢愛敢恨的眾多優點。

〈辛十四娘〉之特別，在於，這女子並非一開始，便對男主角情有獨鍾。而是，在馮生一往情深，在郡君的龐大影響力下，不得不然的嫁給書生。也透露了，即便是自我意識鮮明的女子，在婚姻難以自主的年代，選擇愛情、選擇婚姻的辛苦。

辛十四娘很明顯是處處比她的夫君馮生要來得高明的。於是她屢次，可以洞察先機的，看到馮生性格上的缺點，因而屢次發出警訊，提前示警，而相對的，她的惱公卻一而再，再而三的犯錯。

我感覺，蒲松齡雖未明白的標舉出，要革「男尊女卑的傳統觀念」的命！然而，他突顯出的化身於鬼，於狐，於人等等女人形象，確實是一新當時主流價值之耳目的。

辛十四娘聽說，惱公竟當著賓客面前，嘲諷楚銀臺家公子的文章，讓他下不了台，簡直氣得要昏倒。

她預言這必然惹禍，遂堅持要離開，免得親眼看到惱公的下場。

惱公知道這回闖禍了，更捨不得嬌妻要離去，千求萬求，死命不肯放。

辛十四娘無奈，（多少太座不都是這樣！嘴硬心軟，終究還是會讓步！）但下了最後通牒：「如欲我留，與君約：從今閉戶絕交遊，勿浪飲。」從今天開始，閉門謝客，不再隨便喝酒。浪飲二字，顯見書生酒一給它喝下去，無法自制的毛病。

娘子以分手要脅，書生能不答應她的要求嗎？

但，你認爲他做得到嗎？

或許，辛十四娘心知肚明，但她仍舊選擇再相信一次。

閉門謝客的日子裡，辛十四娘勤儉持家，紡紗織布，還拿出積蓄做點小買賣。一旦有盈餘，便投進撲滿裡。卽使有訪客，也叫僕人找藉口打發。楚公子確實致函書生，邀約飲宴，但辛十四娘都一手擋下，還把信都燒了。

但好死不死，燒信隔日，書生進城弔唁，好巧不巧，在喪家遇見公子。公子力邀他去家裡坐坐，書生不肯，公子硬拉他，強邀回府。

一進府內，公子立卽設宴開酒，書生無奈，說坐坐就走。公子豈肯！立馬叫家裡的樂姬（富人家裡養的小樂團）出來彈箏助興。

這書生啊，雖記得嬌妻的再三告誡，無奈生性豪放不羈，何況已經在家悶了許久，這好酒一喝，那卡西一唱，很快心中再無懸念。不久，便醉倒了。

合該他要倒楣！因爲這一切是圈套。

楚家公子的妻子阮氏，悍妒。家中的婢妾，平日無人敢擦脂抹粉。就在書生進去喝酒醉倒的前一日，有一婢女，不知怎麼，進了書齋，被阮氏舉起木杖痛打，竟失手打死了！

公子一方面要掩飾這罪行，另方面又記恨書生過去的傲慢羞辱，盤算利用這次機會，「日思所報，遂謀醉以酒而誣之」，把殺婢女之罪誣賴給書生。

便趁書生醉倒，把婢女屍體放在他身邊。

天將亮之際，書生酒醒，發現自己躺在床上，想要翻身找枕頭被褥，「起尋枕榻，則有物膩然，紲絆步履，摸之，人也。意主人遺僮伴睡。又蹵之，不動而殭。大駭，出門怪呼」。起身想找枕頭被子，覺得身旁有軟軟的東西絆到腳，一摸，是人，還以爲是主人好心，找個小僮在一旁陪睡，好照料他，但等他用腳去踢踢，這身軀一動也不動，且已經僵硬了。書生嚇壞了，奪門而出，大聲驚叫。

事情一鬧大，書生當然百口莫辯。被執送官府，罪名是逼姦殺婢！

隔天，辛十四娘知道事情始末，哭著說早就知道會這樣啊！但暫時能做的，只是每天送點錢去牢裡給書生。

書生當然不願承認逼姦殺婢，在官府吃盡苦頭，「朝夕搒掠，皮肉盡脫」。早晚兩餐大刑伺候，打得皮開肉綻，痛苦不堪。

辛十四娘探監，書生悲憤不已，激動得說不出話。妻子知道這陷阱安排得太好，很難脫罪，勸他先認罪，免得再遭酷刑。書生黯然淚下，聽從她的建議。

但這夫妻的獄中相會，辛十四娘進進出出，旁人竟無人看見！（她不是人啊！）

辛十四娘回家後，感嘆不已。她打發婢女出門，自己獨居幾日後，託媒婆幫忙買了一個好人家的女兒，叫祿兒，是美少女的年齡，相當漂亮。

她非常疼愛祿兒，同吃同宿，照顧有加。

書生的罪名定讞後，判決絞刑。消息傳來，辛十四娘神色坦然。

等到秋決的日子逼近，辛十四娘才顯現出焦躁的情緒，出外奔走，每當夜深人靜，便暗自啜泣，不眠不食。

有一天，之前打發出去的婢女回來了。兩人在屋內竊竊私語。交談後，辛十四娘的神情頓時輕鬆許多，又恢復了一貫從容料理家務的態度。
隔天，僕人去探監，書生要僕人帶訣別話語給辛十四娘。僕人傳話後，她看來並無悲傷之意，家人都很不以爲然。但，忽然街頭沸沸揚揚起來，都說楚銀臺被革職，京城派特使重審馮書生的案子。
果然，書生被釋放出來，陷害他的公子被官府拘捕，案情大白。
書生回家，與妻子相擁而泣。但不知到底案情怎麼會峰迴路轉？
這時，辛十四娘指著家中的婢女，要書生好好感謝她，「此君之功臣也」。
接下來的情節，簡直是周星馳電影《九品芝麻官》的翻版，也跟這故事一開頭安排的伏筆，大有關聯。
因爲，聽起來荒唐，卻是明清筆記小說，鄉野奇譚裡，很多人喜歡聽的橋段。
皇帝微服出巡，探訪民意，那是好皇帝。但逛逛酒店、KTV，見識民間娛樂場所，恐怕更是皇帝微服出宮，最愛去的地方。
《九品芝麻官》裡，周星馳演的小官，躲在名妓如煙床下，巧遇同治皇帝的橋段，是有典故的。北宋名妓李師師，據說床下就躲過大詞人周邦彥！為何？因爲徽宗皇帝微服出巡到這裡嘛！

〈辛十四娘〉故事起頭，說馮生是正德年間人，這正德年號，是明朝赫赫有名的皇帝，可不是文治武功赫赫有名，而是荒唐赫赫有名的明武宗。民間戲劇〈遊龍戲鳳〉講的便是這位皇帝，喜歡出宮，四處找民間美女配對。

好，不囉唆了。

辛十四娘爲何要惱公感謝婢女？

因爲這妖嬌美麗的婢女，出門幹的活，就是「色誘」皇帝！

話說女婢出門，要去告御狀。

但皇宮豈是一般人，乃至一般狐妖鬼，說去就去的？果然「宮中有神守護，徘徊御溝間，數月不得入」。

但皇帝不安分，給了機會。

忽然聽說皇帝「將幸大同」，要去大同這地方。婢女便先行趕往，化身做「流妓」，流鶯，妓女。

皇帝果然去逛勾欄（妓女戶）了，乾柴烈火，愛極了婢女。

皇帝英明，「疑婢不似風塵人」。婢女便趁機編了一個歷年來，所有風塵女郎都會說的故事，「爲父賣身」，父親冤枉，一家沉淪。

皇帝一聽，龍心感動。賜金百兩，還以紙筆記下詳情。

這皇帝甚至動念，要帶她回宮。婢女只願父女團圓，不貪榮華富貴。皇帝更感動啦。

換句話說，婢女刻意鎖定皇帝，犧牲玉體，救了書生。

書生聽完，當然感激涕零啊！

日子恢復平靜後，某日，辛十四娘對書生說：我若不是動情，不會遭遇這麼多麻煩。你出事之後，我爲你奔走，但親戚之間，實在沒有什麼人可以幫上忙。我承受的痛苦，你難以想像。如今你平安無事了，我也厭倦了塵俗煩惱。我已經爲你安排了很好的配偶，可以放心離開了。

書生不捨，哭哭啼啼。

但辛十四娘去意甚堅，要祿兒夜裡服侍書生，不過被書生拒絕。

然而，辛十四娘卻逐漸衰弱，「容光頓減。又月餘，漸以衰老；半載，黯黑如村嫗；生敬之，終不替」。辛十四娘像蠟燭漸次燒盡，容貌於大半年間，迅速衰老。但書生始終不離不棄。

辛十四娘應該是有被感動到。她安慰書生，「君自有佳侶，安用此鳩盤爲？」你已經有了好伴侶，何必還眷戀我這不是人類的軀體呢？

書生聽了淚如雨下。又過了一個月，辛十四娘病得更重，書生日夜照顧，如侍奉父母一般。

（應該啊，辛十四娘不就等於書生的再造父母一般嗎？）

不久，辛十四娘過世了。

書生用皇帝賜給婢女的黃金，爲愛妻安葬。幾天後，婢女亦離開了。

孑然一身的書生，最終娶了祿兒，隔年生了兒子。可是家境並不好。書生突然想起當年辛十四娘的撲滿，夫妻找出來，敲破之後，發現滿滿都是金銀。家境於是改善。

數年後，家中的僕人在太華山遇見辛十四娘，恢復往昔的美豔，她交代僕人回去跟書生說，自己已然名列仙籍，不用爲她傷心了。說完，便消失不見。

不覺得這辛十四娘太像人間夫妻裡，太座的角色嗎？任勞任怨，因爲夠了解枕邊人，因而能看到惱公個性的盲點，洞察機先。又凡事都爲惱公設想周全，處處妥當安排。

我覺得，這根本就是蒲松齡在向天下太座們致敬的一篇宣言！

沒錯，辛十四娘便是你家太座的化身。相信我。

30

這世界多弔詭，我們靠失意的靈魂，才得以窺探人間想像的美好！——謝謝蒲松齡，謝謝《聊齋》

亂入《聊齋》，竟也要進入尾聲了！

像我們人生中，尚未決定要安定下來之前，所經歷的那些戀愛一樣，某個時刻一到，你突然明白這段感情要結束了……

對，就是這樣的心情。

我突然萬般流連起讀《聊齋》、解《聊齋》的這段日子了。

我甚至愈發同情，蒲松齡在暮色中，回家。在夜色中，潤筆。在杳冥中，與鬼狐對話的心境。

那是多麼孤寂，蒼茫，又對人世流露出無比眷戀的心情啊！

跟《紅樓夢》、《金瓶梅》很完整的講完一個長篇故事不同，《聊齋》蒐羅了近五百篇長短不一的小故事，放置於人鬼狐妖交錯的座標內，使之產生了命運際遇各不相同，卻不斷擦出火花的大小迴旋曲。

《紅樓夢》，如果是曹雪芹往事不堪回首後，以嘔心瀝血的方式，重構那段曾經矗立而今傾頹的流金歲月。

那《金瓶梅》，則是蘭陵笑笑生，經由匿名的掩飾，突出了性與金錢，如何隨著商業意識的抬頭，摧枯拉朽的嘲諷了晚明的虛矯，以及，人的欲望難以阻擋的猖獗。

而，蒲松齡呢？

他沒有曹雪芹輝煌家世可以緬懷，他沒有蘭陵笑笑生欲望城池的沉淪，他只是一個渴望功名卻不成，必須爲人幕賓，教書糊口，但心中仍多少不甘此生就此平淡的讀書人。

他自己沒什麼好誇耀的家世，沒什麼好炫耀的功名，沒什麼好自嗨的性經驗，最終只能寄情於虛幻的國度，一個存在於鄉野奇譚，超乎世人經驗所能理解的異想世界！但他的理解仍不能超脫於「人的世界」，須寄情於「人間至情」。

因而，他的鬼狐妖，往往是人的理想境界的投射，是現實人性之冷酷異境的翻轉。料應厭作人間語，愛聽秋墳鬼唱詩。實在是不得已啊！

我總想像著，他忙碌了一整天，抬頭望向天際時，內心是怎樣的一種喟嘆，怎樣一種無奈呢？

可他，卻以極爲堅毅的意志，一筆一字的，寫出近五百篇，動人的神鬼狐妖傳奇，爲華人世界，留下了「我們也有」的精靈地圖。

我讀《聊齋》，總難以避免的想問：松齡哥哥，如果你功名得意，官場長虹，你，會寫出《聊齋誌異》嗎？

從邏輯上看，這問題完全沒有意義。

因爲，答案已經在問題裡了。正是科舉失意的蒲松齡，才寫出《聊齋》的啊！

但在人間紅塵，這樣的問題，卻往往是超乎邏輯的。否則，不會有那麼多暢銷書，一而再，再而三的，告訴年輕世代，可以從以前成功者的案例上，得到怎樣的啓發。但卻往往忽略了，「啊，他們明明就不是你啊！」而你，「也應該就不會是他們啊！」

我愈來愈明白這個道理。
曹雪芹不會是蘭陵笑笑生。
蘭陵笑笑生不會是蒲松齡。
蒲松齡也不會是曹雪芹，不會是蘭陵笑笑生。
曹雪芹是讀過《金瓶梅》的，但他避開了性的宣揚，堅持了情的可貴。
蒲松齡是否讀過《金瓶梅》、《紅樓夢》，我不得而知，不過，他採取了誌異、傳奇的傳統手法，不走曹雪芹善用的白話文體，而回歸寫實文言的手法，記錄下一篇又一篇動人的故事，無疑替他，在蘭陵笑笑生、在曹雪芹的成熟章回體小說之路上，另闢出一條蹊徑。
如果說，人生要在前無古人，後無來者的道路上，硬拚出「最好」，是非常痛苦的事。那，你依據自己的特長，做到「唯一」，就應該更具有啓發性了吧！
我解讀《聊齋誌異》，是在《紅樓夢》、《金瓶梅》之後，於是尤其能體會，蒲松齡做爲「唯一」的成就。
《紅樓夢》的「偉大」，是當之無愧的。它把敍述拉回到人間，在人的起居生活中，追問了情爲何物？人忙何事？種種形而上與形而下的意義。

《金瓶梅》的「了不起」，是十足充滿勇氣的。它大剌剌把食色性也的天性與本能，放大到小說的主題上，並藉以諷刺攻擊，科舉教條的醜陋，官場人際的庸俗，並宣揚性的本能享樂。在形而下的感官世界，存活是唯一。

《聊齋誌異》的「唯一」，是蒲松齡翻轉自我，以「第二曲線」重新出發的成功案例。

相較來看，蒲松齡是很矛盾的。

曹雪芹寫《紅樓夢》時，他已退無可退。不寫，他就是一個每天緬懷往昔的可憐蟲。但寫了，他就讓世人見證了他所說的每一個人每一件事的的確確都是栩栩如生。

蘭陵笑笑生寫《金瓶梅》，根本是一個「無臉人」，他無需擔心他人的評價，因爲沒人知道他是誰！匿名書寫者，永遠是自由的。

但，蒲松齡不同。

他對功名有期望。他在科舉上，亦曾經年少得意，但他大半生偏偏是屢試不中。他並非無才無識，但偏偏懷才不遇。而那些，春風得意馬蹄疾的人，在他看來，迂腐者有之，貪婪者有之，名實不符者有之！

但他能怎樣？

他只是一個科場不得意，爲他人做幕僚的小卒子而已。像他那樣的讀書人，成千上萬。他不是唯一，他是一堆科場失意人裡的 nobody。

但，眞是還好啊還好！還好，他默默的，耐住寂寞，蒐羅鬼狐妖的誌怪傳說，以他動人心弦的筆法重新翻寫，再把人，尤其是落魄的書生，放進去，在原本平面化，二分法的人間成敗裡，注入了鬼狐妖的變數，因而讓簡單的成敗得失，霎時立體化、結晶化；而，人世間，往往因爲科場成敗，事業成敗，財富有無，就斷定一個人存在價値的判準，也因爲鬼狐妖的良善的介入，而有了極大的改變。

他眞的，嗯，相信那些狐妖鬼怪的存在嗎？

若以現今二十一世紀，仍有那麼多人相信來看，我們很難說他不信。

可是，若以他在近五百篇的故事裡，對照了那麼多人世的不合理，爲官者的殘酷不仁，體制的荒謬無情，以及沽名釣譽者的醜陋面貌來看，我寧可推論：他是寧可相信世間有神有鬼有妖有狐的。

只是，他相信得並不快樂！

因爲，他是在對照人世的可憎可鄙之後，才採取「寧可信其有」的態度。

蒲松齡自己爲《聊齋誌異》寫了序，序文中，這段文字很悲涼：「集腋爲裘，妄續幽冥之錄；浮白載筆，僅成孤憤之書：寄託如此，亦足悲矣！」講得直白些，他四處收集材料，試圖完成更多關於幽冥世界的記載。但寫來寫去，不過是完成了充滿孤獨忿怒的書寫。

在《聊齋》之前，最有名的鬼怪之書，是晉代的《搜神記》、南朝的《幽冥錄》，然而這些書的作者，幾乎都沒有像蒲松齡這般，是現實生活不得志，轉而以神鬼妖狐爲寄託。也沒有像蒲松齡那樣，把人鬼狐妖的眞情流露，轉托爲對現實的批判。但，最終，他很明白，終究是改變不了自己所處的時代，自己所遭遇之命運的。因而，把人生寄託到這樣的領域，也眞眞是一種悲哀啊！

他的好友王士禎，爲他的《聊齋誌異》寫下必然流傳千古的評語：「姑妄言之姑聽之，豆棚瓜架雨如絲；料應厭作人間語，愛聽秋墳鬼唱詩。」

言簡意賅，點出了蒲松齡落魄江湖，失望人間後，「寧可信其有」的無奈。

而蒲松齡自己是怎麼回應呢？

他說：「誌異書成共笑之，布袍蕭索鬢如絲；十年頗得黃州意，冷雨寒燈夜話時。」

像《聊齋》這樣的書，難登大雅，大家看看，笑笑即可。而作者卻爲此蒼涼蕭條，鬢髮斑白。十年書寫下來，跟昔日蘇東坡被貶到黃州，寫下〈寒食帖〉的心境很相近啊，那也是淒風苦雨，孤燈一盞，自己跟自己對話的淒涼啊！

難怪，書成之後，基於種種原因，在他生前並未出版，直到過世後五十年才問世。其實，他的好友王士禎是要出資購買手稿的，但他不肯。

也許悲憤的他，是很氣他所置身的時代吧！

既然讓我不得志，我幹嘛要跟你們聲氣相投，說我們這個時代如何如何呢？就讓未來的世代，去認識我這個不得志的文人吧！

他之所以相信人鬼狐妖交錯的火花，無疑還是對人世的無奈。但這世間的弔詭則在，無能的皇帝李後主，寫出動人的詞句；失意的蘇東坡，留下曠達的詩人胸懷；科場不得意的蒲松齡，譜出了人鬼狐妖的新世界！

我們還能說什麼呢？

謝謝蒲松齡，謝謝《聊齋》。

我們望向天際，在無盡星空下，那些動人的故事，豐富了我們平凡且重複的人生想像！

我們聊齋吧
人鬼狐妖，你糾纏我癡迷

看世界的方法 239

作者	蔡詩萍
封面設計	陳采瑩
內頁設計	吳佳璘
內頁排版	華漢電腦排版有限公司
責任編輯	魏于婷
董事長	林明燕
副董事長	林良珀
藝術總監	黃寶萍
社長	許悔之
總編輯	林煜幃
副總編輯	施彥如
美術主編	吳佳璘
主編	魏于婷
行政助理	陳芃妤
策略顧問	黃惠美・郭旭原・郭思敏・郭孟君
顧問	施昇輝・林志隆・張佳雯・謝恩仁
法律顧問	國際通商法律事務所／邵瓊慧律師
出版	有鹿文化事業有限公司
地址	台北市大安區信義路三段106號10樓之4
電話	02-2700-8388
傳眞	02-2700-8178
網址	http://www.uniqueroute.com
電子信箱	service@uniqueroute.com
製版印刷	沐春行銷創意有限公司
總經銷	紅螞蟻圖書有限公司
地址	台北市內湖區舊宗路二段121巷19號
電話	02-2795-3656
傳眞	02-2795-4100
網址	http://www.e-redant.com

ISBN：978-626-7262-35-1
EISBN：978-626-7262-36-8
初版一刷：2023年9月

定價：420元

國家圖書館出版品預行編目（CIP）資料

我們聊齋吧：人鬼狐妖，你糾纏我癡迷 /
蔡詩萍著. —— 初版. ——
臺北市：有鹿文化事業有限公司，2023.09
面；公分. —（看世界的方法；239）
ISBN 978-626-7262-35-1（平裝）
1. CST: 聊齋誌異　2. CST: 研究考訂

857.27　　112012734